경계의 시간,
이름 없는 시절의 이야기

교복 위에

작업복을 입었다

허태준 글

경계의 시간,
이름 없는 시절의 이야기

지내는 곳을 옮긴 지 한 달이 넘었다. 그 사이 여름은 완전히 자취를 감추고, 입원 치료로 미뤄두었던 책 집필도 어느 정도 마무리됐다. 베란다로 불어오는 바람에는 다채로운 향기가 섞여 있다. 계절의 잔해, 한결 부드러워진 햇살, 녹음이 남아있는 가로수를 보다 보면 문득 차오르는 그리움이 있다.

아이러니하게도 추억이 너무 선명할 때는 글을 쓸 수가 없다. 감정이 금세 부풀어 오르기 때문이다. 그런 날에는 함께 사는 친구와 이야기를 나눈다. 학창 시절의 애틋함이나 회사에 다니던 일상에 대해. 군대에 가지 않고 공장에서 겪었던 일들에 대해. 우리가 만났던, 혹은 지나쳐왔던 많은 사람에 대해. 이야기를 나누다 보면, 여전히 우리가 그 시절의 한가운데 있음을 알게 된다. 학교를 졸업하고 회사를 그만둬도, 모든 게 끊임없이 지금과 이어지고 있다.

사실, 그 시절에는 명확한 이름이 없었다. '특성화/마이스터고등학교에 입학해, 현장실습생으로 중소기업에 취업한 후, 같은 회사에서 산업기능요원으로 편입하여 대체복무를 하고 있는 노동자'를 표현할 수 있는 단어는 우리 사회에 존재하지 않았다. '청년 노동자'라고 묶어 부를 수도 있었지만 그 뒤로는 역시 긴 설명이 따라와야 했다.

대학생이세요? 직장에 다니고 있어요. 나이가 어떻게 돼요? 스물셋이에요. 군대는 다녀온 거예요? 산업기능요원으로 복무하고 있어요. 네? 방위산업체 비슷한 거예요. 그런 건 근무 조건이 나쁘지 않아요? 그냥 일반 사원이랑 비슷해요. 아, 그렇구나. 질문이 길게 이어지면 물어보는 사람도 나도 금세 녹초가 됐다.

대부분의 사람은 자신이 속해있는 집단으로부터 자연스럽게 존재를 증명받을 수 있었다. '대학생', '군인', '직장인', '사회초년생'이라는 말 안에는 더 설명하지 않아도 충분할 정도의 서사가 녹아 있었다. 하지만 나는 그럴 수 없었다. 일하는 청(소)년, 대학생이 아닌 이십대, 군인이 아닌 군 복무자였던 나는, 어느 쪽으로도 완전히 넘어가지 못한 채 경계 위에 발을 걸치고 있었다.

『교복 위에 작업복을 입었다』라는 제목은 그런 애매한 위치에 대한 하나의 표현이자 서사였으면 했다. 학교에서는 실습 시간에 춥거나 귀찮다는 이유로 교복 셔츠 위에 작업복을 입는 친구들이 많았다. 공장을 닮은 실습실에서 철을 깎거나 용접을 하던 아이들. 그 아이들 중 대부분은 학교를 졸업하기도 전에 현장실습생으로 회사에 출근했고, 사회적 요구와 육체적 노동으로 자신의 정체성을 덮어씌워야 했다.

현장실습생 기간이 끝난다고 혼란이 사라지는 건 아니었다. 군 복무를 위해 산업기능요원으로 편입하면 다시 경계의 시간을 살아야 했다. 스스로를 소개하는 것조차 버거워 헤매는 사이, 우리는 점점 예외적인 존재가 되어 사회의 가장 구석진 자리로 밀려났다. 설명하지 못한 채 뒤로 미뤄두었던 이야기는 어느새 개별적 삶의 구체성까지 감추어 버렸다.

열아홉 9월부터 스물셋 4월까지, 3년 7개월간 공장에서 일하며 내가 보고 들었던 건 결국 누군가의 삶이었다. 마치 인류가 처음 발견한 생물이, 실은 아주 오래전부터 이 땅에 발붙여 살아왔듯이. 내가 오기 전부터 이미 수많은 사람이 그곳에서 살아가고 있었다. 새삼 그 사실이 놀랍게 느껴졌다. 어렴풋이 알았을 뿐, 취업을 준비할 때도 현장 노동자의 삶을 제대로 들여다보지 못했던 것이다.

사회에서 우리의 이야기를 찾아보려 했지만 쉽지 않았다. 어떤 영화나 드라마, 소설이나 만화에서도 이십 대는 다 대학생이었고, 직장인은 모두 양복을 입고 있었다. 작업복을 입고 공장으로 출근하는 사람들의 이야기는 구전으로나 전해지는 동화 같았다. 누군가의 경험담으로 가늠해보는 게 최선이었고, 그마저도 모호하고 비어있는 부분이 많았다.

삶에 대한 이야기는 없는데, 죽음에 대한 이야기는 계속해서 들려왔다. 2016년 구의역 스크린도어 정비업체 직원 사망사고, 2017년 제주 현장실습생 사망사고, 2018년 태안화력발전소 사고……. 비극적 사건을 통해서야 그들의 삶은 겨우 신문과 뉴스에 파편화되어 흩어지는 정보로 남았다.

누군가의 인생을 그렇게 마주할 때면, 나는 기숙사 침대에 누워 발화되지 못한 이야기에 대해 생각했다. 여기에 삶이 있다고, 우리 모두 분명하게 살아있다고 외치고 싶었다. 당신도 외치고 싶었을 것이다. 누가 당신의 목소리를 가져갔을까. 누가 당신에게서 언어를 가로챘을까. 나는, 당신에게 이야기를 돌려주고 싶었다. 당신과 내가 함께 지나왔을 그 시절의 이야기를, 우리 모두에게 돌려주고 싶었다.

책장을 넘기듯 기억의 틈새를 살펴 가며 나와 주변 사람들의 이야기를 썼다. '나'라는 개인에게서 나온 글이 그 시절을 함께 보낸 모두를 대표할 수는 없겠지만, 서로의 존재를 확인하는 작은 조각이 되었으면 했다. 무엇보다 객관적 사실 뒤로 가려져 있던 우리의 마음을 조금이나마 비추어주길 바랐다.

자신이 속해 있던 경계에 따라 느꼈던 감정 또한 달랐기에, 책에서는 크게 세 가지로 목차를 나눴다. 시간의 순서와 상관없이 비슷한 결을 가지고 있는 글은 함께 모았다. 1장은 '현장실습생'으로 겪은 혼란과 학창 시절의 추억을 담았다. 어쩌면 책에서 가장 감정적이고 치기 어린 부분일지도 모르겠다. 하지만 '불안'은 그 시절을 관통하는 중요한 정서 중 하나였다. 그래서 할 수 있는 한 최대한 솔직하고 가감 없이 썼다.

2장에서는 '산업기능요원'으로 회사에서 있었던 크고 작은 사건과 갈등에 대해 기록했다. 관계도 사회생활의 일부라면 우리 모두가 더 성숙한 태도로 타인을 대해야 하지 않을까 싶었다. 더불어 군 복무 과정에서 마주했던 차별과 편견에 대해서도 주변 사람들의 이야기를 빌려 자세히 다루고자 했다.

　마지막 장에서는 나와 주변 사람들의 문제가 얼마든지 사회 전체로 확장될 수 있음을 말하고 싶었다. 누군가는 '현장실습생'과 '산업기능요원'이 다른 삶을 선택한 개인일 뿐이며, 그들의 문제는 다소 특별하고 예외적이라고 말할지도 모르겠다. 하지만 그들은 우리 사회의 청년이자 노동자였고, 그들의 문제는 동시대를 살아가는 모든 사람과 연결되어 있었다.

　그렇다면 문제를 해결하는 방법도 함께 나눌 수 있지 않을까. 끊임없이 서로를 구분 짓고 경계하기보다는, 같은 결을 따라 유사한 형태의 폭력과 상처를 보듬어나가는 사회가 되었으면 했다. 타인을 구하는 일이 결국 자신을 구하는 일이라고, 나와 당신은 다르지 않다고, 조금 더 쉽게 말할 수 있는 세상이 되었으면 했다.

여러모로 확신이 없던 나에게 책을 만들어보자 제안해주신 호밀밭 출판사의 장현정 대표님. 매주 부족한 글을 읽고 진심 어린 피드백을 아끼지 않았던 박정오 편집자님. 두 분이 없었다면 이 글은 시작조차 할 수 없었을 것이다. 격려와 조언을 따라 어떻게든 쓰고, 고치고, 때로는 쓰지 못해 괴로웠던 시간까지 나에게는 모두 소중했다. 그 과정을 평생 잊지 못할 것이다.

　또한 내 글쓰기의 방향 판이 되어주었던 정지우 작가님과, 일면식도 없는 내 글을 먼저 읽어보고 싶다 말씀해주신 이성철 교수님에게도 감사한 마음을 전하고 싶다. 두 분의 글은 단순한 응원을 넘어, 눈에 보이고 마주 잡을 수 있는 온기가 있음을 실감하게 했다. 글도 서로 기대어 걸을 수 있다는 걸, 그러면 더 멀리 갈 수 있다는 걸, 처음으로 깨닫게 됐다.

　불안할 때면 언제나 곁을 지켜주었던 친구들, 막내 아들의 선택을 존중하고 응원해주신 어머니와 아버지, 각자의 아픔을 고백하고 나누었던 글쓰기 모임의 사람들까지. 일일이 다 부를 수 없을 만큼 많은 고마운 사람들의 도움으로 이 책은 세상에 나올 수 있었다. 인적 드문 카페에서, 늦은 새벽의 방 안에서, 그토록 찾고자 했던 그 시절의 진실에 나는 조금이나마 닿았을까. 어딘가 더 중요한 이야기가, 전하지 못한 목소리가 있지는 않았을까.

　무엇하나 확신할 수 없지만 이제 글을 놓아주려 한다. 그 시절을 무사히 지나온, 또는 여전히 머물러 있는 당신에게 이 글이 닿았으면 한다. 글을 쓰는 동안 내가 당신의 존재를 느꼈던 것처럼, 그로 인해 혼자였던 시간이 외롭지 않았던 것처럼, 이번에는 내가 당신의 곁에 있겠다. 우리의 이야기가 다가올 겨울을 따스하게 감싸주길 바라면서.

2020. 11. 겨울을 기다리며

허태준 씀

교복 위에 작업복을 입었다

너는 분명 내가 된다.
교복 위에 작업복을 입고,
기계나 전자 같은 과목을 배우게 된다.
하지만 여전히 시를 보면 가슴이 뛰고,
공책 빈자리에 수없이 많은 문장을 적어둘 것이다.
걸어가는 너의 뒷모습이 낯설어 보였다.
나는 온 힘을 다해,
고맙다고 외치고 싶었다.

기숙사엔 유령이 산다

당신은 어떤 사람이었을까.
우리처럼 열아홉 살부터 일을 시작했을까.
어쩌면 그보다 더 빨리 돈을 벌어야 했을까.
왜 돈을 벌어야 했을까.
군대에 가지 않기 위해 산업기능요원으로 편입했을까.
불안했을까. 서러웠을까.

2015년은 유독 여름이 길었다. 9월로 넘어가는 달력이 무색하게 더위는 계속 이어졌고, 낮 시간 뜨겁게 달궈진 아스팔트의 열기는 어디에도 가지 않은 채 커다란 화물차가 지나가는 공단 도로 위에 그대로 남았다. 덕분에 낡은 기숙사 건물에서 생활하던 나는 자주 밤잠을 설쳤다.

선풍기로 감당하기 힘든 더위도 문제였지만, 열아홉의 나에게는 과분할 정도로 고민이 많았다. 불 꺼진 방에 누워있으면 별의별 생각이 다 들었다. 나는 잘못된 선택을 한 걸까? 대기업이나 공기업에 갔어야 했나? 어쩌면 마이스터고 진학 자체가 문제였던 게 아닐까? 고민은 뭉게뭉게 피어나 걱정이 되었고, 걱정은 금세 불안으로 변해 마음을 무겁게 적셨다. 그건 '현장실습생'으로 회사에 취업한 다른 아이들도 마찬가지였을 것이다.

답답함을 참을 수 없는 날에는 함께 입사한 K와 맥주를 마시기도 했다. 법적으로 미성년자였지만 반바지에 작업복을 걸치고 나가면 딱히 의심하는 사람이 없었다. 해가 지면 을씨년스러운 분위기마저 감도는 공업단지에 미성년자가 있을 거라고는 아무도 생각하지 않는 것 같았다.

주변에서는 다 돈 번다고 어른이라던데, 이럴 때는 좀 우습지 않냐? K는 맥주가 들어 있는 비닐을 들어 올렸다. 온도 차 때문인지 편의점 상표가 적힌 부분 위로 작은 물방울이 맺혔다. 우습지, 아무도 그걸 이상하게 생각 못하는 게 더. 어른이지만 술 담배는 안 돼! 어른은 아니잖아, 그냥 일하는 거지. 그러면 그냥 일하는 애라고 하던가. 그러게, 이상하네.

K와 나는 일렬로 늘어선 가로등 불빛을 따라 천천히 걸었다. 아직 어른이 되지도 못하고, 그렇다고 학생으로 남아있을 수도 없었던 이상한 여름이었다. 이런 차이는 어디에서 오는 걸까? 누가 차갑고, 누가 뜨거운 걸까. 이 여름이 지나가면 모든 게 자연스러워지기를 바라며 우리는 맥주캔을 비웠다.

하루는 옆방에서 지내는 26살 선배가 방으로 찾아왔다. 여전히 더운 날이었고, 가끔 맥주를 마시던 밤이었다. 와, 니들 벌써 술 먹으면 안 되는 거 아니가? 너무 더워서 잠이 안 와요. 가위눌리는 건 아니고? 자다가 더워서 깬 적은 있어요. 조심해라 우리 기숙사에 유령 산다이가. 유령이요? K와 나는 아는 거 좀 있냐는 표정으로 서로를 바라보았다. 갑자기 웬 유령?

와, 얘네 아무것도 모르네. 선배는 남이 들으면 곤란한 이야기라는 듯 고개를 앞으로 숙였다. 그리고 조용하고 은밀한 목소리로 말했다. 회사 기숙사에는 유령이 산다고. 새벽에 갑자기 문이 열리거나, 사람이 없어도 복도의 조명이 켜지거나, 화장실에서 이상한 소리가 나거나 하는, 사소하지만 원인을 밝히기 어려운 일들이 기숙사에 일어난다는 것이다.

내가 신입 때 같이 들어온 친구가 있었는데 걔는 진짜 봤다는 거 아니가. 선배는 확신에 찬 어조로 말을 이었다. 새벽에 화장실 간다고 복도에 나왔는데, 작업복 입은 키 큰 사람이 제일 끝에 서 있더란다. 입사하고 얼마 안 돼서 누가 누군지 모르니까 그냥 '안녕하세요' 인사하고 볼일 보고 왔는데, 며칠 지나고 보니까 기숙사는커녕 회사 전체를 봐도 그런 사람 없었단 거 아니가.

와, 소름. K는 맥주캔을 놓고 양팔을 문질렀다. 잠깐이지만 더위는 잊어버린 것 같았다. 나도 흥미롭게 다음 이야기를 기다리고 있었다. 그래서 친구분은 어떻게 됐어요? 바로 회사 그만뒀어요? 그만두긴, 산업기능요원 3년 잘 채우고 관뒀지. 지금은 요리하고 싶다고 식당에서 일한다이가. 뭐에요 그게. 우리는 김샌다고 투덜거리며 남은 맥주를 들이켰다. 생각보다 시간이 지났는지 내용물이 미지근해져 있었다.

하긴 유령이라고 나쁘겠어요? 그냥 거기 있는 거지. K는 그렇게 말하고 선배와 담배를 피우러 나갔다. 문이 닫히자 방안은 금세 조용해졌다. 나는 혼자 바닥에 누워 방금 들었던 이야기를 되새겨보았다. 그리고 '그냥 거기 있다'는 말에 대해 생각했다.

기숙사에 유령이 산다는 선배의 말은 기억에 오랫동안 남았다. 새벽에 불이 켜지거나 이상한 소리가 들릴 때면, 나는 복도 너머 보이지 않는 존재에 대해 떠올렸다. 정말로 무언가 있을지도 모른다는 느낌이 들었다.

하지만 장난으로라도 조심하라던 선배의 말과는 달리, 그 존재가 우리에게 해를 끼친 적은 한 번도 없었다. 누군가를 공격하거나 다치게 한 적도, 아프게 하거나 홀리게 한 적도 없었다. 유령은 두려움의 대상이라기보다는 나와는 다른 영역에 속해있는 무언가로 느껴졌다. 마치 TV를 통해서나 존재를 확인하는 유명 연예인이나 정치인 같았다. 원래부터 '그냥 거기 있을' 뿐이었다.

우리도 그냥 거기 있었다. 부산 강서구 녹산산업중로 22번지에. 5분만 걸어가면 창원시로 갈 수 있는 지역의 가장 끝자락에. 침대와 옷장 말고는 다른 가구가 없는, 화장실과 샤워실은 공동시설이라 내부 구조가 사각형으로 딱 떨어지는, 넓다 못해 휑한 느낌마저 드는 방에 K와 내가 있었다.

야, 이거 봐봐. 바닥에 드러누워 열을 식히고 있던 내게 K가 휴대폰을 건넸다. 화면에는 젊은 남녀가 웃으며 팔을 치켜들고 있었다. 해외여행을 지원해준다는 내용의 포스터였다. 스무 살 되면 이런 거나 신청해볼까. 안 될걸. 회사는 연차 쓰면 어떻게 되지 않겠나? 안 된다니까. 아, 왜 안 되는데! 나는 화면을 통해 확인한 내용을 K에게 말해주어야 하는지 망설였다. 그 말은 입 밖으로 꺼내면 내가 생각한 것과는 전혀 다른 의미로 변할 것만 같았다.

대학생 대상이잖아, 그거. 나는 아무렇지 않은 듯이 말하며 고개를 돌렸다. 선풍기 바람에 그 말이 금세 사라져버리길 바라면서. 미안하다 못 봤네. K는 짧게 대답하고 다시 휴대폰 화면을 바라봤다. 죄지은 것도 아닌데 사과를 왜 하냐. 그러게, 이상하네. 어색한 침묵이 싫었던 우리는 일찍 불을 끄고 잘 준비를 했다.

　　무엇이 되어야 하고, 무엇이 될 수 있을까. 그걸 알
지 못해 괴로운 여름이었다. 아무도 우리에게 더 나아갈
길에 대해 말해주지 않았다. '어른'이란 단어가 이미 끝
나버린 이야기처럼 그 자리에 남았고, 우리는 기숙사 방
에 갇혀 있는 듯한 기분을 느꼈다. 발버둥 치지 않으면
온몸이 희미해져 버릴 것만 같았다.

　　열어둔 창문으로 공장의 기계 소리가 들렸다. 풀벌
레 소리도, 희미한 가로등 불빛도 함께 방안으로 스며들
어왔다. 나는 문득 의문이 들었다. '그냥 거기 있다'는 게
과연 가능한 건지. 누군가가 '그냥' 거기 있을 수 있는 건
지. 그곳에 있기 위해서 얼마나 많은 사연이, 사건이, 이
야기가, 얼마나 많은 삶과 죽음이 필요한 건지. 그러면서
기숙사에 산다는 유령에 대해 생각했다.

　　당신은 어떤 사람이었을까. 우리처럼 열아홉 살부
터 일을 시작했을까. 어쩌면 그보다 더 빨리 돈을 벌어야
했을까. 왜 돈을 벌어야 했을까. 군대에 가지 않기 위해
산업기능요원으로 편입했을까. 불안했을까. 서러웠을
까. 퇴근 후에는 뭘 했을까. 공부를 했을까. 힘들진 않았

을까. 뭘 좋아했을까. 가족은, 친구는, 애인은 있었을까. 그들과 어떤 이야기를 나누었을까. 새벽 복도 끝에서 그를 만날 수 있다면. 당신은 안녕한지, 나는 정말로 물어보고 싶었다.

너는 이해할 수 있을까

너는 이해하지 못할 것이다.
이해하지 못하기에, 최선을 다할 것이다.
그렇다면 아직 반짝임이 남아 있는,
미래에서 가장 아름다운 꽃들만을 꺾어
너를 응원하고 싶었다.

고등학교 1학년 국어 시간, 김소월 시인의 「진달래꽃」에 대해 배운 적이 있다. 워낙 유명한 시인 데다 여러 번 리메이크 된 가수 '마야'의 노래도 있어서 그런지, 수업을 듣는 모두가 평소보다 편한 마음으로 선생님의 목소리에 귀를 기울이고 있었다. 봄날 햇살이 창가의 경계를 따라 의자에 걸어둔 작업복으로 스며들었다.

나 보기가 역겨워

가실 때에는

말없이 고이 보내 드리오리다.

영변에 약산

진달래꽃

아름 따다 가실 길에 뿌리오리다.

떠나는 님을 위해 한없이 자신을 낮추는 화자의 마음. 절절한 이별의 시구. 선생님은 교과서에 나오는 해석을 설명해준 뒤에 시를 읽고 다른 감상이 떠오른다면 발표해보자고 했다. 다른 감상이라. 나는 「진달래꽃」을 한 번 훑어보고, 교과서 구석 자리에 짧은 문장을 적었다. 마침표를 찍자 톡, 하고, 샤프심이 부서졌다.

중학교에 다니던 무렵 정부의 특성화고 지원 정책에 따라 몇몇 학교가 '마이스터고등학교'로 지정됐다. 거기 가면 돈도 안 들고 나중에 취업도 잘 된다, 괜히 대학 가봐야 학자금 대출이랑 졸업장밖에 남는 게 없다, 사회에선 기술 있는 사람이 대우받는다, 막연히 그런 이야기를 하는 어른들이 있었고, 대학 입시가 부담스러웠던 친구 중 몇몇은 진지하게 입학을 고민하기도 했다.

하지만 나는 별로 관심이 없었다. 취업이니 대학이니 하는 이야기는 멀게만 느껴졌다. '기계'나 '공업', '자동차' 같은 단어가 주는 무게감도 무시할 수 없었을 것이다. 도대체 그 학교에서는 뭘 배우는 걸까? 어떤 생활이 있고, 어떤 미래가 있는 걸까? 중학생이었던 나에게 다른 삶을 상상하는 건 쉽지 않은 일이었다.

무엇보다 나는 글을 쓰고 싶었다. 밤새도록 책을 읽고 혼자 습작 소설을 쓰면서도 채워지지 않는 부분들이 있었다. 그래서 문예창작과가 있는 예술고등학교 진학을 목표로 삼았다. 진지하게 문학을 공부하고 싶었다. 가족들은 내가 진짜 예고에 갈 수 있을 거라고 생각하지 않았지만, 덕분에 성적도 오르니 지켜보자는 눈치였다.

입학 성적을 맞추기 위해 내신을 관리하고, 평소처럼 습작을 해도 주제와 시간을 정해두고 쓰는 연습을 했다. 여름방학에는 예비 입학생들을 대상으로 하는 백일장 참여를 위해 혼자서 야간버스에 올랐다. 처음에는 막연하기만 하던 목표였는데, 한 걸음씩 나아가고 있다는 사실이 신기했다.

새벽 4시에 도착한 정류장은 푸르스름한 빛이 감돌았다. 커다란 건물들과 싸늘한 새벽 공기에 잠이 덜 깬 몸이 떨렸다. 덜컥 겁이 나기도 했다. 하지만 두려움은 기대감의 다른 얼굴이었다. 낯선 도시는 쓸쓸해 보여도, 한편으로는 희미하게 반짝이는 부분이 있었다. 그 반짝임을 따라가다 보면 분명 어딘가에 닿을 수 있을 것 같아서, 나는 외로움도 잊은 채 목적지를 향해 걸었다.

그날 내가 쓴 글은 수상자 명단에 들었다. 교무실에서 함께 결과를 확인한 담임선생님은 자신의 일처럼 기뻐해 주었다. 뭔가를 해냈다는 사실에 나도 들떴다. 이제는 막연한 목표가 아니었다. 눈에 보이는 결과가 있었다. 지금처럼만 준비하면 본 시험에서도 잘할 수 있을 것 같았다.

하지만 몇 달 뒤 내가 입학 원서를 쓴 곳은 예술고등학교가 아니었다. 선생님은 걱정스러운 얼굴로 정말 괜찮겠냐고 물었다. 나는 어깨를 으쓱하며 잘 모르겠다고 대답했다. 작은형이 대학에 가야 해서 두 사람 다 학비를 대줄 수가 없대요. 예술고등학교는 학비가 비싸니까, 그냥 돈 벌러 가려고요.

특별한 감정 없이 대답할 수 있었던 건, 아마 자신조차 큰 기대를 하지 않아서였을지 몰랐다. 여러 우연이 겹쳐 눈앞에 다가온 것처럼 보였을 뿐, 처음부터 인연이 없었던 거라고. 그래도 가만히 앉아서 인문계 고등학교에 가기는 싫었다. 그 정도의 선택권은 아직 자신에게 남아 있을 것 같았다.

그렇게 나는 마이스터고등학교에 원서를 넣었다. 예술고등학교에 가려고 올려둔 성적 덕분에 서류전형을 가볍게 통과할 수 있었다. 면접에서는 공고에 다니던 동네 형이 떠들던 이야기를 그대로 읊었다. 최종 발표가 있는 날, 아이러니하게도 백일장 상장과 문집이 택배로 도착했다. 나는 컴퓨터 화면의 '합격을 축하합니다'와 백일장 상장을 긴 시간을 두고 번갈아 바라보았다. 마치 거기에 무슨 의미라도 있는 것처럼.

　학교생활은 생각보다 훨씬 괜찮았다. 적성에 맞지 않을까 걱정했던 게 무색할 정도로 나에게는 제법 기계 다루는 솜씨가 있었다. 기숙사 생활도 시간이 지나니 오히려 집보다 편하게 느껴질 정도였다. 그곳에서 나는 자동화 연구 동아리에 들었고, 여러 자격증을 취득하고, 시험 기간엔 독서실에서 친구들과 새벽까지 공부했다. 나름의 목표와 계획이 있었다.

　하지만 가끔, 실습 도중 고개를 들었을 때, 나는 굉장히 낯선 기분들과 마주하고는 했다. 작업복을 입은 친구들. 공장을 닮은 실습실. 때로는 날카롭고 크게 울리는 소리. 여기가 어디인지, 내가 왜 여기에 있는지 알지 못하게 되는 순간들이 있었다. 그럴 때마다 나는 끊임없이 반복되는 질문에 대답해야 했다.

　'너는 이해할 수 있을까'

　교과서 구석 자리에 적은 문장은 과거의 파도가 되어 나를 덮쳐왔다. 예술고등학교를 가고 싶던 그 아이는 지금의 나를 보면 어떤 표정을 지을까. 왜 여기 있는 거냐고. 그렇게 열심히 했는데 왜 여기 있는 거냐고, 나를 질타하며 타박할까. 꿈꾸던 모습은 하나도 이루지 못한 자신을 차마 받아들이지 못해 고개를 돌려버릴까.

그래도 어쩔 수 없겠지. 나는 너에게 사과해야만 하겠지. 봄날 햇살을 받아 반짝이는 「진달래꽃」의 시구는 과거의 '나'에게 바치는 사죄의 말이었다. 부디 나를 이해해주기를. 역겨워하지 말아 주기를. 몇 번이고 몇 번이고 고개를 숙이며, 전할 수 없는 과거에 전하는 말이었다.

원하던 미래에 도착했다면 어땠을까? 지금보다 행복했을까? 조금 더 떳떳할 수 있었을까? 아마 그러진 않았을 것이다. 여전히 다른 이유와 다른 사정으로 인해 괴로웠을 것이다. 노력은 보답받지 못하고, 때로는 억울함에 지쳐 더 큰 후회를 했을지도 모른다. 하지만 내가 지나왔던 갈림길은 아직 너에게 열리지 않았다.

너는 이해하지 못할 것이다. 이해하지 못하기에, 최선을 다할 것이다. 그렇다면 아직 반짝임이 남아 있는, 미래에서 가장 아름다운 꽃들만을 꺾어 너를 응원하고 싶었다. 너는 분명 내가 된다. 교복 위에 작업복을 입고, 기계나 전자 같은 과목을 배우게 된다. 하지만 여전히 시를 보면 가슴이 뛰고, 공책 빈자리에 수없이 많은 문장을 적어둘 것이다. 걸어가는 너의 뒷모습이 낯설어 보였다. 나는 온 힘을 다해, 고맙다고 외치고 싶었다.

여름 바다, 기타 소리

하늘로부터 다가오는 어둠이 천천히 바다를 가리고,
바로 옆에 있는 N의 모습까지 덮어버렸다.
'사실'이 희미해지면서 온 세상이 흑백사진처럼 변해버린 것 같았다.
나는 애써 주변을 확인하려 하기보다는 가만히 눈을 감았다.
그리고 옅은 파도 소리에 의지해
눈 앞에 펼쳐진 바다의 윤곽을 더듬어보았다.

솔직히 여기 온 애들 전부 가정형편 어렵거나 인문계에서 대학 가기엔 성적 애매해서 온 거 아니냐. 우리끼리는 뭐 거창한 꿈 있는 척 좀 하지 말자. 온종일 벽만 보고 있어도 대기업 보내주면 갈 거잖아? 맞아 아니야? 나는 '감사합니다!' 하고 정년까지 딱 버틴다. 어차피 하기 싫은 일 하는 거 몸 편하고 생각 안 하면 좋잖아?

과장된 목소리가 사그라들자 주변에 있던 친구들이 일제히 웃음을 터트렸다. 프레젠테이션 수업이 끝난 후 쉬는 시간이었다. 목표로 하는 기업과 이유에 대해 발표 준비를 해오는 숙제를 받았는데, 한 친구가 이에 대한 반발심과 장난기를 섞어 '숙제라고 거짓말하지 말고 다들 팩트만 말하자'는 이야기를 했던 것이다.

그 해는 유독 '팩트'라는 단어가 유행처럼 번졌다. 개개인에 따라서 민감하다고 느껴질 법한 이야기도 가감 없이 들어내고, 누군가는 가끔 자조적인 농담을 던지기도 했다. 그럴 때면 주변 아이들은 무척이나 잘 웃었다. 나도 곧잘 웃었지만, 즐겁다기보다는 진지한 표정일 때 맞이할 언짢은 상황을 피하고 싶어서였다.

그런 분위기 속에서 N과 나는, 서로의 표정을 숨기

지 않아도 괜찮은 몇 안 되는 친구 중 하나였다. 고등학교 재학 3년 동안 한 번도 같은 반이 된 적이 없었음에도 우리가 친해진 건 번호순으로 이어지던 기숙사 방 배정 덕분이었다. 각자 반에서 가장 앞번호와 뒷번호였던 우리는 2학년부터 같은 방에서 지내는 룸메이트가 됐다.

N은 밴드부에서 드럼을 쳤는데, 다른 악기도 수준급으로 다룰 줄 알았다. 학교 애들은 리듬을 못 맞춰서 드럼 안 맡겨. N은 그렇게 말하며 내 기타를 끌어안았다. 아, 니 꺼 치라고. 일렉기타를 앰프 없이 어떻게 치냐. 나는 투덜거리면서도 내심 그의 연주를 기대하고는 했다. 중학생 때 구매해 몇 년간 쳐왔던 통기타는 N의 손에만 들어가면 전혀 다른 악기가 되는 것 같았다.

N은 정말 온종일 기타를 쳤다. 기숙사로 돌아오면 교복을 갈아입기도 전에 기타를 잡았고, 내가 동아리 활동으로 늦게 돌아올 때면 어느새 방안을 경쾌한 소리로 가득 채워놓고는 했다. 너 공부는 언제 하냐? 안 해. 1학년 때는 성적 좋았다며? 그때는 했지. 지금은? 안 해. 나는 속 편한 녀석이라고 생각하며 고개를 저었다.

이해하지 못하는 부분도 많았지만 취향과 성격이 비슷해서인지 우리는 금세 친해졌다. N과 함께 있으면 왠지 모르게 안심이 됐다. 그가 공부를 하지 않아서는 아니었다. 단지 숨어있어도 좋을 것들까지 민낯을 드러내는 '팩트'의 세계가, N의 기타 소리가 들리는 방으로는 다가오지 못하는 것 같았다. 그곳에서 우리는 예비 고졸도, 취업 준비생도, 반백수도 아닌 평범한 열여덟으로 남아 있을 수 있었다.

예상보다 일찍 시작된 더위는 물러갈 때가 되어도 쉽게 자리를 비켜주지 않았다. 오후가 되면 투명한 열기를 담은 햇살이 도시 위로 쏟아졌고, 습기를 머금은 바람은 누군가의 입김처럼 때로는 불쾌하고, 때로는 두근거리는 미묘한 마음의 변화를 일으켰다. 하지만 방학 동안 나는 동아리 실습과 로봇대회 준비 때문에 대부분의 시간을 학교에서 보내야 했다.

교회에서 밴드를 했어. 개학식 날 기숙사로 돌아온 N이 말했다. 학교 밖에선 드럼 대신 기타를 칠 수 있어서 좋다고. 그러면서 새로 산 기타에 대한 자랑을 이어갔다. 너 원래 레스폴이었잖아? 무거워서 팔았어. 노을빛으로 전신을 덮고 있던 묵직한 N의 기타를 기억하던 나는 어이가 없었다. 좋아하는 소리도 바뀌고, 다시 선택하고 싶어졌어.

별일 아니라는 듯 대답하며 그는 케이스에서 새로운 기타를 꺼내 들었다. 검은색과 흰색이 대비되는 바디가 균형감 있는 곡선을 보기 좋게 내보이고 있었다. 펜더 스트라토캐스터였다. 가벼워서 좋아. 한껏 만족해하는 그의 모습에 나는 더 이상 아무것도 묻지 않은 채 고개를 저었다.

방학이 끝나고 변한 건 레스폴만이 아니었다. 새로 산 기타가 마음에 안 들었던 것인지, 방학 동안 정말 원 없이 연주한 것인지는 몰라도 N은 2학기부터 다시 공부를 시작했다. 전에는 한 번도 오지 않았던 자습실에도 간간이 얼굴을 비췄다. 기숙사 방에서 그의 연주를 듣지 못하는 건 아쉬웠지만, 진지한 표정으로 책상에 앉아있는 N을 보는 것도 나쁘지 않았다.

중간고사까지는 아직 여유가 있었기 때문에, 자유 외출이 허락되는 수요일이면 우리는 기타를 들고 바다를 보러 갔다. 학교 뒷문으로 나오면 멀지 않은 곳에 해수욕장이 있었다. N과 나는 긴 이야기를 나누며 걷다가 지칠 때면 모래사장에 걸터앉아 서로의 기타 연주를 들었다.

거창한 꿈 따위는 필요 없는, 소박한 미래에 대한 기대가 파도처럼 흩어졌다.

음악과 관련된 일을 하면 좋을 텐데. N이 말했다. 취업해도 사무직으로 하고 싶어. 너는 기계도 잘 다룰 것 같은데. 기계는 싫어. 왜? 그냥 싫어. 나는 고개를 끄덕였다. 조금이라도 편한 일을 하고 싶은 건 당연하다고 생각했다. 그래도 나는 우리가 배우는 일을 애써 비하하거나 우습게 보고 싶지는 않아.

N은 바다를 응시한 채 고개를 돌리지 않았다. 붉은 빛으로 타오르던 태양은 어느새 지평선 너머로 사라지고 있었다. 나도 공장에서 일하는 거 가지고 농담하는 거 안 좋아해. 지들이 뭔데 함부로 말해. 뭐가 팩트고 뭐가 사실이야? 다들 아무것도 모르니까 그런 소리 할 수 있는 거잖아. 나는 놀란 표정으로 그를 바라보았다. 이를 눈치챈 N은 괜찮다는 듯 손을 들어 보였다. 그리고 짧게 심호흡을 한 뒤 낮은 목소리로 말을 이었다.

우리 아빠가 공장에서 2교대로 근무를 했거든. 어릴 때부터 그 모습을 보니까 조금이라도 아빠한테 도움이 되려고 이 학교에 온 거야. 내가 일찍 돈 벌면 아빠가 조금이라도 편해지겠지 싶어서. 그런데 작년 이맘때 아빠가 돌아가셨어. 작업 중 프레스에 깔렸다는데. 그 얘기 들으니까 도저히 기계 못 만지겠더라.

하늘로부터 다가오는 어둠이 천천히 바다를 가리고, 바로 옆에 있는 N의 모습까지 덮어버렸다. '사실'이 희미해지면서 온 세상이 흑백사진처럼 변해버린 것 같았다. 나는 애써 주변을 확인하려 하기보다는 가만히 눈을 감았다. 그리고 옅은 파도 소리에 의지해 눈 앞에 펼쳐진 바다의 윤곽을 더듬어보았다.

한동안 내가 뭐 하고 있는 건가 싶더라. 학교도 집도 다 짜증 나고. 자퇴할까 생각도 했는데 어차피 다른 학교 가도 공부할 마음 안 들 거 같아서, 그냥 계속 음악만 했지. 연주할 때는 딴생각 안 하니까. 지금도 딱히 괜찮지는 않은데, 더 이상 멍하니 있는 것도 싫어졌어. 공부도 하고 고민도 해야지. 될 대로 되라고 생각했던 것들도, 다시 선택하고 싶어졌어.

N이 다시 기타를 치고, 그 소리는 말하지 못한 것들을 표현하는 언어가 되어 먼 곳을 향해 흩어졌다. 돌아갈 시간이었지만 우리는 자리에서 일어나지 않았다. 대신 각자가 지나왔던 삶의 어딘가를 그 윤곽에 비추어보고 있을 뿐이었다. 하지만 누구의 어둠도 결코 온전히 이

해할 수는 없을 것이다. 그래서 나는 바다를 상상하지 않았다. 다만 옅은 파도를, 어딘지 모르게 서글프고 조용한 기타 소리를 가만히 듣고 있었다.

업무일지 쓰는 마음

그 작은 조각들이 누군가를 지켜주기를.
낯선 세계의 일부가 되어버린 자신을 되돌리고,
우리가 이어질 수 있도록 도와주기를.
기도하는 마음으로 업무일지를 써 내려갔다.

시험 기간이면 내 책상에는 공책이 쌓였다. 대형 문구점에서 열권 묶음으로 사놓은, 저마다 한 귀퉁이에 공부해야 할 과목 이름을 적어둔 공책이었다. 국어, 수학, 영어, 역사, 기계제도, 기계공작법, 자동화설비, 전자기기 등등. 선생님의 성향에 따라 유인물을 나눠주거나 의무적으로 필기를 하는 경우도 많았지만, 나는 시험 기간에는 꼭 한 번씩 그 내용을 따로 정리하고는 했다. 일종의 요약 노트를 만드는 거였다.

얼마나 효율적이었는지는 잘 모르겠다. 내 성적은 고등학교 재학 내내 중상위권에 머물렀으니, 딱 그만큼의 효율은 있었던 게 아닐까 싶다. 하지만 나는 기발하고 혁신적인 공부법에는 관심이 없었다. 그저 묵묵히, 교과서 여기저기 산발적으로 흩어진 정보를 압축해갔다. 최대한 짧고 간단하게, 단어나 핵심 위주로, 쓸데없는 정보는 걸어내면서.

그때는 이상하리만치 요약 노트를 만들어야 안심이 됐다. 시간이 부족해 제대로 정리하지 못하는 과목이 생기면 공부한 것들이 소화되지 않고 더부룩하게 남았다. 어쩌면 심리적인 요인이 컸을 것이다. 손으로 쓰고, 나름의 방식으로 정리한 후에야, 나는 낯선 지식을 자신의 언어로 받아들일 수 있었다.

불안한 마음이 크면 클수록, 나는 더 끈질기게 무언가를 기록했다. 처음 회사에 출근했을 때도 그랬다. 조명 사이로 피어오르는 먼지와 심장을 죄는 기계음. 열아홉의 나는 긴장감에 계속 마른침을 삼켰다. 학창 시절의 부드러운 여운은 온데간데없이 사라지고, 날카롭고 뜨거운 것, 자칫 나를 상처 입힐 것만 같은 낯선 형상들이 그 자리를 채우고 있었다.

작업장에서 처음 마주했던 기계들도 그런 형상 중 하나였다. 범용 선반, 복합 밀링, 탁상 드릴링 머신, 고속 절단기, 탁상 그라인더, 공구 연삭기, 용접기 등등. 내가 일했던 '공무팀'은 정해진 업무를 하기보다는 공장에서 일어나는 크고 작은 문제들을 해결해야 하는 부서였다. 자연히 알아야 하는 지식도, 다루어야 하는 기계도 다른 부서에 비해 훨씬 많았다.

하지만 유일한 직장 상사였던 차장님은 사실상 공무팀을 혼자 도맡은 상황이었기 때문에, 세세한 업무를 가르쳐줄 시간이 부족했다. 공장에 문제가 생기면 곧바로 차장님이 달려가야 했다. 그러면 홀로 남은 나는, 주위에 흩어진 말들을 주워 모아 하나씩 수첩에 옮겨 적었다. 그것 말고는 할 수 있는 일이 없었다.

회사에서는 하루하루가 시험 기간 같았다. 작업장에 있을 때는 기계 사용법은 물론이고 공구의 위치, 현장에서 사용하는 명칭, 가공 시에 재료마다 주의해야 하는 부분은 뭔지, 또 자주 말썽을 일으키는 기계와 대처 방법을 수첩에다 빼곡히 썼다. 수첩에 쓴 메모는 퇴근 후 다시 공책에 옮겨 적었다. 시험공부를 하듯이 내용을 요약하고, 중요하다고 생각하는 부분에 밑줄을 그었다.

공부할 과목을 적어두었던 자리에는 날짜를 기재했다. 9월 14일부터 11월 11일까지. 11월 12일부터 12월 31일까지. 2015년이 2016년으로 바뀌고, 다시 2017년으로 바뀌었다. 차장님은 꾸준히 기록하는 모습이 기특했는지, 공무팀 사무실에 내 업무일지를 보관할 수 있는 서랍장을 따로 마련해주었다. 공책은 금세 쌓여갔다.

여름 내내 숨 막히던 바람도 어느 정도 선선해질 무렵, 차장님과 나밖에 없던 공무팀에도 후배가 들어왔다. 그때쯤 나는 현장 분위기에 완전히 익숙해졌다. 예고 없는 시험처럼 나를 불안하게 만들던 업무도 가벼운 문답처럼 해결할 수 있었다. 혹시 기억나지 않는 작업이 있어도 걱정할 필요는 없었다. 업무일지를 가져와 날짜를 확인하고, 예전에 했던 고생을 돌아보면 그만이었다.

하지만 내가 아는 걸 누군가에게 가르치는 건 또 다른 문제였다. 후배와 함께 일하면서 답답하게 느껴지는 부분이 한둘이 아니었다. 기계 사용법을 알려주고 돌아서면, 5분도 안 돼서 물어볼 게 있다며 다시 달려왔다. 아니, 그 정도는 하다 보면 자연스럽게 알게 될 텐데. 꼭 물어보아야 하는 건지. 대답을 해주면서도 허탈한 기분이 들 때가 많았다.

그럴 때마다 내가 강조하는 건 메모하는 습관이었다. 한 번 배운 걸 잊지 않는 게 중요해. 단순해 보이는 일도 얼마든지 응용할 수 있어. 지금은 업무를 하기보다는 연구하고 고민하는 시간이라고 생각해. 그렇게 말하며 사무실에 있던 업무일지를 가져와 보여주었다. 작업대 위로 공책과 수첩이 가득 펼쳐졌다.

이렇게 많았던가? 지금까지 쓴 업무일지를 한 번에 펴본 건 그때가 처음이었다. 후배는 감탄한 표정을 지었지만, 나는 뭔가, 자랑스럽기보다는 서글픈 기분이 들었다. 그건 학창 시절부터 어렴풋이 알고 있던 요약 노트를 만드는 이유 때문이었을 것이다. 뭘 이렇게 열심히 썼을까. 이만큼 쓸 때까지, 나는 계속 불안했던 걸까.

그날 밤엔 처음 출근하고 썼던 업무일지를 다시 살펴보았다. 얼룩지고 색이 바랜 수첩을 한 장씩, 주의 깊게 넘겼다. 거기엔 과하다 싶을 만큼 온갖 사소한 내용이 여백을 채우고 있었다. 지금은 아무것도 아닌 지식이, 열아홉의 나에게는 낯선 세계를 이해하기 위한 소중한 조각이었다.

후배도 그럴 것이다. 자신을 상처 입힐지도 모르는 형상들 사이에서 움츠러드는 것이다. 무서우니까. 의지할 곳조차 마땅치 않기에 자꾸만 돌아보고, 되묻게 되는 것이다. 후배에게 업무일지를 쓰면 나아질 거라고 말할 수 있을까. 정말 그것만으로 괜찮은 걸까. 나는 확신할 수가 없었다. 낡은 종이는 누군가의 불안을 짊어지기에는 너무 쉽게 찢어질 것만 같았다.

나는 잠시 생각하다, 책상 저편에 밀어두었던 공책을 집어 들었다. 그리고 백지 위에 그날 후배에게 가르쳤던 업무를 정리했다. 강조해야 할 점과 조심해야 할 부분. 내가 겪어온 불편함과 개선점들을 기록했다. 그 작은 조각들이 누군가를 지켜주기를. 낯선 세계의 일부가 되어버린 자신을 되돌리고, 우리가 이어질 수 있도록 도와주기를. 기도하는 마음으로 업무일지를 써 내려갔다. 밤이 깊어가고 있었다.

하루 세 번 하늘 보기

한 친구는 아침 점심 저녁으로 다 다른 하늘을 봐야 한다며
'하루 세 번 하늘 보기'가 목표라는 이야기를 했는데,
그 말이 제법 인상 깊었던 나는
적어도 하루에 세 번은 의식적으로 고개를 들었다.
그리고 지금까지 몇 번의 하늘을 놓쳤을지,
앞으로 몇 번의 하늘을 더 보게 될지에 대해 생각했다.

점심과 저녁 식사 시간을 제외하면, 회사에는 10분의 쉬는 시간이 있었다. 오후 3시가 되면 짧은 멜로디의 방송이 스피커에서 흘러나왔다. 그러면 공장에서 일하던 직원들은 일제히 손을 멈추고 잠시 숨을 돌릴 수 있었다. 대부분은 탈의실에서 휴식을 가졌는데, 나도 유독 피곤한 날에는 그곳에서 짧게 눈을 붙이곤 했다.

하지만 햇볕이 따뜻한 날에는 탈의실 대신 공장 뒷문을 열고 나갔다. 시멘트 담장이 둘린 공터에는 철제나 황동봉을 쌓아두는 가건물이 있었고, 그 옆에는 나무에 못을 박아 만든 간이벤치가 놓여 있었다. 가로수에서 뻗어 나온 가지가 담장 너머로 손을 내밀었다. 바람이 불면 나뭇잎이 흔들리는 소리가 파도처럼 밀려왔다.

그 좁은 외곽 공터는 모두에게 짧은 휴식처였다. 근무시간 중 간간이 담배를 피우러 오는 사람이 있었고, 몰래 휴대폰을 확인하러 오는 사람도 있었다. 하지만 나는 작업복 주머니에 손을 넣은 채 멍하니 하늘만 바라보았다. 그곳에서 시간은 숫자가 아니라 구름이 떠다니는 속도 같았다.

하늘을 자세히 보기 시작한 건 고등학생 때부터였

다. 식당에서 저녁을 먹고 나오면 주홍빛으로 물든 태양이 우리를 반겨주고는 했다. 한 친구는 아침 점심 저녁으로 다 다른 하늘을 봐야 한다며 '하루 세 번 하늘 보기'가 목표라는 이야기를 했는데, 그 말이 제법 인상 깊었던 나는 적어도 하루에 세 번은 의식적으로 고개를 들었다. 그리고 지금까지 몇 번의 하늘을 놓쳤을지, 앞으로 몇 번의 하늘을 더 보게 될지에 대해 생각했다.

수많은 가능성이 주변을 가득 채우던 날이었다. 무슨 일을 시작해도 괜찮을 만큼의 시간이 있었고, 잘 해낼 자신도 있었다. 삶은 선택에 따라 얼마든지 손에 넣을 수 있는 선물상자 같았다. 마음에 드는 상자를 골라 리본을 풀면, 그 안에 아주 그럴듯한 미래가 들어 있는 것이다. 상자 속에 사실 아무것도 들어있지 않다는 걸 깨닫게 된 건 조금 더 시간이 지난 후였다.

취업을 하고 돈을 벌기 시작하면서 두근거리는 마음, 기대, 가능성은 하나둘 사라지고, 해야만 하는 일들이 그 자리를 대신했다. 나름대로 깊이 고민하고 선택한 회사도 다니다 보면 아쉬운 점이 많았다. 그런 의미에서 보면 선택은 성취가 아니라 상실인지도 모른다. 손에 넣지 못한 미래가 어느새 닿지 않는 먼 곳으로 떠내려가는 것이다.

입사한 지 얼마나 되었는지를 세어보다, 지금의 나는 어디쯤 와 있는 건지 생각해보았다. 부유하던 가능성의 하나를 손에 쥐고 지나간 몇 년 동안, 내가 만났던 미래는 어린 시절의 상상과는 많이 달랐다. 생각보다 더 힘들었고, 생각보다 더 억울했고, 생각보다 더 부족했다. 정신 차려보면 도망갈 곳조차 마땅치 않은 자신을 마주해야 했다. 가끔은 정말 숨이 막혔다.

하지만 어느 날은, 잠에 취한 아침이나 의기소침한 채 퇴근하던 짧은 순간에서, 상상하지도 못했던 아름다운 하늘을 마주하기도 했다. 태어나서 한 번도 본 적 없는 색으로 하늘이 빛나고 있었다. 그런 날은 위로가 됐다. 분명 하루 세 번, 고개 들어 바라보자고 다짐한 덕분이었다.

익숙한 멜로디가 스피커에서 흘러나왔다. 나는 길게 기지개를 켜고 재빨리 간의 벤치에서 일어났다. 다시 철을 깎고, 기계를 고쳐야 한다. 용접해야 할 일도 산더미였다. 공장으로 들어가기 전, 나는 마지막으로 한 번 더 하늘을 바라보았다. 언젠가는 다른 장소에서, 새로운 하늘을 보며 오늘을 떠올리게 될지도 모른다. 그때의 나는 지금을 그리워할까?

　지나간 시간 위에서 후회하지 않도록 해야 할 일들을 잘 해내고 싶었다. 단순히 돈을 벌거나, 인정을 받거나, 사람들과 좋은 관계를 유지하는 일도 포함되겠지만, 무엇보다 중요한 건 자신이 선택한 오늘을 진지하게 마주하는 일이 아닐까. 때로는 작별 인사도 필요할 것이다. 닿지 못한 미래를 향해 웃어주며, 안녕, 하고 손을 흔든다.

　자유롭게 세상을 떠돌던 가능성이 어느새 마음에 작은 싹을 틔웠다. 답답해도 따뜻하고, 철없어도 싱그러운 새잎이 그곳에 돋아났다. 이 싹은 나무가 될까? 꽃이 될까? 아니면 다른 무언가가 될까? 아직은 알 수 없지만, 무엇이든 상관없이 소중하게 키워갈 것이다. 가끔 불안하고 무서워도 고개 숙이지 않을 것이다. 바라보려 한다면 하늘은 항상 그곳에 있을 테니까.

악산에도 꽃은 핀다

그래도 너는 충분히 아름다운 사람이라고.
그 시절 P가 피워냈던 꽃은 어디선가
또 다른 씨앗이 되어 자랄 것이다.
척박한 땅에 뿌리를 내린다고 해도,
새로운 무리를 만들고, 반드시 피어날 것이다.

악산이라고 했다. 전문 산악인들도 힘들어하는 길이니 조심하라고 했다. 우리가 올라갈 지리산에 대한 교관의 설명 중 하나였다. 단상 위에서 힘주어 말하는 그의 목소리를 나는 가만히 듣고 있었다. 다른 이야기도 많았던 것 같은데, 유독 저 '악산'이라는 단어만 오랫동안 기억에 남았다. 아마도 나를 포함한 대부분의 학생이 체육복 바지에 운동화 차림으로 경사진 바위산을 오를 것이고, 그 모습이 앳된 얼굴로 어색한 출근을 해야 할 각자의 앞날과 조금은 닮아서였는지도 모른다.

부산기계공업고등학교의 학사 일정에는 매년 등산이 포함되어 있었다. 1학년 가을 소풍은 장산, 2학년 수학여행은 한라산, 그리고 3학년 수련회에는 기어이 지리산으로 떠났다. 언젠가 동문 출신의 나이 지긋한 선생님께 여쭈어보니 예전부터 그랬다고 했다. 전통 같은 거였다. 선배들의 대부분도 체육복 바지에 운동화 차림으로 저 산을 올랐을 것이다. 그렇게 생각하니 문득, 이 모든 게 강요된 시련처럼 느껴졌다. 자, 이제 어른이 되어야지. 투정 부려도 소용없어. 더 이상 어린아이가 아니잖아. 산을 오르는 내내 누군가 그렇게 속삭이는 것 같았다.

2015년의 봄은 유독 추위가 길었고, 열아홉 살이 된 친구들은 설렘보다는 걱정이 더 많았다. 일찌감치 대기업 입사에 성공한 친구들은 온전히 학교생활을 누릴 수 있었지만, 중소기업에 취업한 학생들은 9월이면 현장실습을 나가야 했다. P와 나도 그중 하나였다. 학교를 떠난다는 건 우리에게 해방이 아니라 한 시절에 대한 영원한 작별처럼 느껴졌다. 그렇다면 인사는 누구에게 해야 하는 걸까. 모두가 붕 떠 있는 마음으로 각자의 미래를 더듬어보는 계절이었다.

그래서 4월의 끝자락에 떠났던 수련회는 우리에게 분명 특별한 의미가 있었다. 여름방학이 지나면 사실상 절반 이상의 학생들이 학교를 떠나야 했고, 그들은 졸업식까지 학교에 올 일이 없었다. 이번 수련회가 3학년에게는 마지막 여행이네. 관광버스에 오르며 P가 중얼거렸다. 낡은 수련원 건물과 큰소리치는 교관, 어디서 본 듯한 뻔한 프로그램이었지만 크게 불만을 표하는 사람은 없었다. 어쩌면 그건 적당한 만족이나 타협이 아니라, 모두의 마음속에 P의 중얼거림과 같은 생각이 자리 잡고 있어서였는지도 몰랐다.

밴드부 보컬이었던 P는 그날 장기자랑에서 자신이

부를 수 있는 최고의 노래를 선물해주었다. 박효신의 〈야생화〉였다. 음정이 올라갈 때마다 우리는 박수와 환호로 보답했다. 무대 위에서 노래하는 그의 모습을 보고 있으니 왠지 가슴이 뭉클해졌다. 어쩌면 우리의 마음속엔 제때 싹을 피우지 못한 씨앗들이 비쩍 마른 화석처럼 몸을 움츠리고 있는지도 몰랐다. 그리고 아주 가끔 물기를 머금으면 어딘가의 들판에서 꽃을 피운다. 혹시나 험한 산중에 피어나면 그 꽃은 어떻게 되는 걸까. 세상의 풍파에 금방 시들어버리는 걸까. '야생화'의 후렴이 끝날 때까지, 나는 척박한 땅에 피어난 작은 꽃에 대해 생각했다.

다음날은 지리산에 올라갈 준비를 했다. 날씨는 화창했지만 아침 공기 속에서 희미하게 겨울의 흔적을 발견할 수 있었다. 심호흡을 할 때마다 얼음물을 마시는 것처럼 찬 공기가 폐를 찔렀다. 하지만 불쾌한 기분이 아니었다. 오히려 정신이 맑아지는 상쾌한 차가움이었다.

너는 앞으로 어떻게 할 거야? 뒤따라오던 P에게 물었다. 190cm는 족히 되는 그의 큰 키 덕분에 오르막길을 걸으면서도 우리는 시선을 마주하고 이야기를 나눌 수 있었다. 글쎄, 직장에 다니면서 공연이나 계속할까.

대학 갈 생각은 없고? 글쎄. 대답이 왜 그렇게 시원치 않냐? 하지만 상상이 잘 안 되는걸.

확신 없는 문답을 반복하며 우리는 중산리 주차장에서 이어지는 포장도로를 걸었다. 말과 말 사이에 빈 곳이 생길 때마다 나는 조금 먼 미래를 그려보았다. 출근한다. 일을 한다. 돈을 번다. 단순한 문장이었지만 P의 말처럼 그것을 구체적으로 상상해보는 건 쉽지 않았다. 나에게도 직장을 다니며 해야 할 다른 '무언가'가 있을까. 고민해보아도 대답은 글쎄. 미래는 여전히 윤곽을 가지지 못한 희미한 형상으로 그곳에 남아있었다.

신발에 흙이 밟히기 시작하면서 본격적인 산길이 시작됐다. 처음에는 일반적인 산과 다를 게 없어 보였다. 무성한 초록 잎들 사이로 잔잔한 냇물 소리가 들렸다. 남아있던 겨울의 흔적은 이제 찾아볼 수 없었다. 햇볕에 달궈진 바람막이 안쪽부터 이마 위로 땀방울이 맺혔다. 복잡하게 이어지던 생각들도 금세 단조로워졌다. 한발 걷고, 숨을 쉬고, 땀을 닦는다. 조금씩 몸이 산에 적응해가고 있었다.

하지만 정상에 다가갈수록 산은 아래쪽과는 다른 모습으로 변해갔다. 상냥하게 햇빛을 막아주던 녹음이 사라지고 황량한 바위만이 올라가야 할 자리에 덩그러니 남았다. 경사가 가팔라질수록 우리는 점점 말이 없어졌다. 중간중간 이어진 밧줄을 붙잡지 않으면 몸을 움직이는 게 쉽지 않았다. 이곳을 '악산'이라 부르던 교관의 목소리가 선명하게 떠올랐다.

아, 진짜 이건 좀 아니지 않냐? 말없이 한참을 걷던 우리는 결국 평탄한 바위에 앉아 잠시 쉬어가기로 했다. 올라갈수록 안개가 짙어져 정상이 보이지 않을 정도였다. 갑작스러운 날씨의 변화에 당황스럽기도 했지만, 무엇보다 어디까지 올라가야 하는지 알 수 없다는 막막함이 발걸음을 더욱 무겁게 했다.

뭐 하러 이런 데까지 와서 사서 고생하는지 모르겠네. 통증이 느껴지는 부분을 중심으로 허벅지를 두드렸다. 혼자서는 절대 안 올 곳이지. 말이라고 하냐? P가 웃었다. 그러면 더 열심히 가야지. 뭔 소리야? 혼자서 안 올 곳이라면, 다른 사람과 같이 있을 때만 정상을 볼 수 있는 거잖아. 말은 좋네. 나도 웃었다.

우리는 다시 산을 올랐다. 길은 여전히 험하고, 안

개도 옅어질 기미가 없었지만, P의 말을 생각하며 팔과 다리에 힘을 줬다. 혼자 오지 않을 곳이라면 오늘이 정상을 볼 수 있는 마지막 기회일지도 모른다. 한 번쯤은 괜찮을 것 같았다. 그때부터는 한 걸음 한 걸음에 집중했다. 하나, 둘, 셋. 몇 번을 마음속으로 세어보며 걸어가자 이내 밧줄의 끝에 도착할 수 있었다.

바위산 사이로 계단이 보였다. 밧줄을 잡고 올라올 때보다는 나았지만, 힘을 너무 많이 써버렸기 때문에 난간에 기대어 쉬다 다시 올라가기를 반복했다. 그렇게 걷다 보니, 하늘이 열렸다. 정말로 그렇게밖에 표현할 수 없을 것 같았다. 어느새 우리는 안개의 위쪽, 구름의 위쪽으로 올라와 있던 것이다. 천왕봉이었다.

정상에 대한 환희보다는 더 올라갈 곳이 없다는 사실에 마음이 놓였다. 하늘에서 내려오는 햇살이 바위에 부딪히며 사방으로 흩어졌고, 구름은 우리가 서 있는 자리를 중심으로 고요하게 흘러가고 있었다. 절경이었다. 봉우리 끝자락에 앉아 한참을 그 모습을 바라봤다. 우리가 올라온 길로는 하나둘 다른 친구들이 정상의 기쁨을 맞이하며 걸어오고 있었다. 다들 열심히도 올라왔다. 체육복 바지에 운동화 차림으로, 경사진 바위산을 더 오를 곳 없을 만큼 올라온 것이다.

고생했어. P와 남은 물을 나누어 마시며 숨을 돌리자 겨우 주변을 둘러볼 여력이 생겼다. 자세히 보니 바위밖에 없다고 생각했던 돌산 사이에 야생화 무리가 자라고 있었다. 갈라진 바위틈에 뿌리를 내리고, 연분홍빛 진달래가 꽃을 피워내고 있었다. 악산에도 꽃이 핀다. 그 사실을 왠지 나는 평생 잊을 수 없을 것 같았다.

그해 9월, 우리는 현장실습을 나가면서 학교를 떠나왔다. 나는 직장을 계속 다녔지만, P는 이내 다니던 곳을 그만두고 수련회에서 모두에게 불러주었던 〈야생화〉를 거리에서 부르다 군대에 갔다. 그리고 다시 공부를 시작했다. 그러는 동안 나는 회사를 마치고 혼자 기숙사 방에서 글을 쓰기 시작했다. 3년이라는 시간이 지나고 우리는 서로가 생각하던 것과는 조금 다른 미래에 도착해 있었다.

얼마 전 오랜만에 P와 단둘이 만난 적이 있다. 고등학교 선후배 모임이 끝나고 새벽 2시가 넘은 늦은 시간이었다. 피곤하긴 했지만 둘 다 집으로 돌아가지 않았다. 해야 할 이야기가 있다고 생각했다. 우리는 근처 맥 줏집으로 자리를 옮겼다.

대학에 가기로 했어. P가 먼저 입을 열었다. 학교에 서보다 군대에서 더 열심히 공부한 것 같아. 신기하네. 다들 그렇게 말하더라. 우리는 같이 웃었다. 이제 공연 은 하지 않는 거야? 응, 열정이 없어. 다른 이유는 없는 거야? 그는 잠시 고민했다. 용기가 없어.

그렇구나. 너는 무대 위에서 내려왔구나. 그 말은 차마 입 밖으로 나오지 않았다. 대신 나는 지리산 정상에 서 보았던 진달래꽃을 떠올리고 있었다. 각자의 미래를 더듬어보던 계절, 함께였기에 올라설 수 있었던 천왕봉 의 풍경을 되돌려보고 있었다. 우리는 같은 뿌리에 의지 한 채 하나의 시절을 버텨왔다. 방황도, 고민도, 걱정도, 불안도, 모두 마음 깊숙이 숨겨둔 씨앗을 지키기 위한 꽃 잎이었다.

더 이상 네가 노래하지 않아도 괜찮다고 말해주고 싶었다. 그래도 너는 충분히 아름다운 사람이라고. 그 시절 P가 피워냈던 꽃은 어디선가 또 다른 씨앗이 되어 자랄 것이다. 척박한 땅에 뿌리를 내린다고 해도, 새로운 무리를 만들고, 반드시 피어날 것이다. 술집의 인파 사이로 P와 나는 서로를 가만히 바라보았다. 악산에도 꽃은 핀다. 나는 그 사실을 평생 잊지 않을 것이다.

나는 닫힌 문을 열고 싶다

누군가가 안정감을 느끼는 울타리가 다른 누군가에게는
넘을 수 없는 벽이 되어 있음을 느낄 때마다,
나는 대학생이 아닌 이십대가 있을 자리에 대해 생각했다.

"우리의 보금자리인 이 열차 안에서 살인적인 추위로부터 모두를 지켜주는 건 하나야. 질서. 그 덕에 얼어 죽지 않고 살 수 있는 거라고!"

봉준호 감독의 영화 〈설국열차〉에는 모든 것이 얼어붙은 지구와 그 위를 달리는 열차가 등장한다. 추위를 피해 어떻게든 열차에 탑승하긴 했지만 정식으로 표를 받지 못한 사람들은 '꼬리 칸'이라 불리는 짐칸에 격리된다. 그들이 군인들의 통제를 받는 동안, 엔진 칸에 가까운 승객들은 더 많은 권력과 편의를 제공받는다. '어디에서 태어났는가' 또는 '지금 어디에 있는가'에 따라 삶이 달라지는 것이다.

하지만 꼬리 칸 주민들도 계속되는 차별에 당하고만 있지 않는다. 행동대장 커티스는 4년 전 진압된 반란을 분석하며 열차의 총알이 바닥났을 거라는 결론에 도달한다. 그리고 군인의 총이 비어있음을 알게 되는 순간, 마침내 새로운 반란이 시작된다. 꼬리 칸 주민들은 목숨을 걸고 앞을 향해 나아간다. 축적된 분노와 다른 삶에 대한 기대감을 가슴에 품고서.

돌이켜보면 주말마다 서울행 기차에 몸을 실었던 스물한 살의 나도 비슷한 마음이었다. 서울에서 대학을 다니던 C는 학교 안팎으로 여러 활동을 하며 좋은 자료나 행사가 있으면 나에게 소개해주었는데, 덕분에 나는 한 달에 두세 번은 서울에 올라갔다. 그러면 이왕 멀리 왔으니 미술관에서 전시도 보고, 부산에서는 상영하지 않는 영화도 보고, 홍대에서 길거리 공연도 보면서 주말 내내 머물렀다. 숙박은 언제나 C의 자취방에서 해결했다.

옅은 소나기가 내리던 여름날도 그랬다. C는 자신이 활동하는 학회에서 방학 동안 그리스 비극에 관한 스터디를 한다며 나를 불렀다. 그거 외부인이 가도 되냐? 어, 내가 말해둘게 와라. C로부터 소개받은 철학과 사람들은 다들 친절했고, 소포클레스의 비극 「안티고네」에 대해 진지하고 깊은 성찰을 들을 수 있었다.

나는 스터디가 끝나고 뒤풀이에도 함께 따라갔다. 시간이 늦었지만 대화는 열대야처럼 식을 줄을 몰랐다. 술잔과 술잔 사이로 수많은 이야기가 아지랑이처럼 피어올랐다. 그 모습이 너무 현실성이 없어서였을까, 오늘 어땠냐는 C의 물음에 나는 분위기를 얼어붙게 만드는 대답을 하고 말았다. 서울권 대학생은, 생각보다 훨씬 기득권이네.

꼬리 칸 주민들은 감옥 칸에 감금된 열차의 보안설계자 남궁민수를 풀어주고 그의 도움을 받아 계속 전진한다. 닫혀있던 문이 열릴 때마다 변화하는 세상에 놀라면서, 동시에 자신들의 처지와 비교되는 환경에 더 큰 분노를 느낀다. 열차의 지배자 윌포드를 찬양하는 앞칸 승객들과 달리, 꼬리 칸 주민들에게 그는 반드시 제거해야하는 폭군에 지나지 않는다.

이런 차이는 어디에서 오는 걸까. 함께 미래를 이야기하던 친구들이 서울에서 새로운 생활에 적응하는 동안, 나는 여전히 부산에 남아 공장으로 출근해야 했다. 공업단지가 들어선 지역의 외곽에서는 편의점 하나 찾는것도 쉽지 않았다. 그곳에는 똑똑한 교수님도 없고, 충고나 조언을 해줄 선배도 없고, 그리스 비극과 철학에 대해이야기 나눌 친구도 없었다.

혼자 도서관에서 책을 빌려보고, 방송대 강의를 들으며 공부하고, 참여하고 싶은 행사가 있으면 전화를 걸어 대학생이 아니어도 괜찮은지 물어야 했다. 누군가가안정감을 느끼는 울타리가 다른 누군가에게는 넘을 수없는 벽이 되어 있음을 느낄 때마다, 나는 대학생이 아닌이십 대가 있을 자리에 대해 생각했다.

괜한 소리 해서 미안하다. 자취방으로 돌아오며 나는 C에게 사과했다. 뭐 틀린 말 한 것도 아닌데, 고삼들이 괜히 죽어라 공부하는 게 아니니까. C는 상관없다는 듯 휴대폰으로 음악을 틀었다. 'Sting'의 〈Englishman in New York〉이었다. Be yourself no matter what they say- 인적 드문 밤거리에는 이방인으로 살아가는 남자의 목소리가 조용히 울려 퍼졌다.

생각해보면 나도 입시 진짜 싫었는데, 결과가 좋으니까 그런 생각도 잊어버리게 되더라. C는 길게 한숨을 쉬며 한 마디를 덧붙였다. 좋다고 생각하지 않으면 견디기 힘든 걸지도 모르고. 나중에야 알게 된 사실이지만, 당시 C는 심한 우울증을 겪고 있었다. 증세는 좀처럼 호전되지 않아 다음 해에는 휴학을 해야만 했다. 그는 자신에게 거짓말을 할 수 있을 정도로 뻔뻔하지 못했던 것이다.

"어차피 우린 다 같은 신세야. 저주받은 쇳덩어리, 기차 안에 갇힌 죄수들이지. 이 열차는 순환이 중요해. 공기, 물, 음식, 인구수까지 말이야."

커티스는 수많은 우여곡절 끝에 엔진 칸에 도달한

다. 동료들의 죽음과 반란의 목적을 복수로 이루어야만 한다. 하지만 정작 커티스를 마주한 윌포드는 뜻밖의 말을 꺼낸다. 열차의 인구수를 조정하기 위해 반란은 언제나 꼬리 칸과 공모됐다는 것. 자신도, 꼬리 칸의 주민들도, 그저 각자가 해야 할 일을 해왔을 뿐이라는 것.

모든 진상을 들은 커티스는 정신적으로 무너지기 시작한다. 이제 어디로 가야 한단 말인가. 윌포드는 늙어버린 자신을 대신해 열차라는 거대한 시스템을 관리해 달라는 제안을 한다. 그토록 원망하던 대상이 어쩔 수 없이 받아들여야만 하는 현실처럼 느껴진다. 누군가 해야 하는 일이라면, 차라리 자신이 하는 게 낫지 않을까.

부산으로 돌아가는 기차에서 나는 〈Englishman in New York〉을 들었다. 차창 밖 풍경과 함께 서울에서의 기억이 주마등처럼 스쳐 지나갔다. 어쩌면 그 도시의 누구도 자신으로 살아가지 못하는 건 아닐까. 정해진 자리를 강요받고, 벗어나지 못하는 건 아닐까. 그렇게 생각하니 가슴이 답답했다. 자꾸만 숨이 가빠 와서, 결국 옆자리 승객에게 양해를 구하고 자리에서 일어나야 했다. 자판기에서 생수를 사 들이키니 조금 살 것 같았다.

"저게 하도 오래 닫혀 있으니까 이젠 벽처럼 느껴지기도 하는데, 실은 저것도 문이란 말이야!"

열차의 출입문을 가리키며 남궁민수는 소리친다. 눈이 녹고 있다고, 추위가 약해지고 있다고, 열차 밖으로 나가서 살 수 있다고 말한다. 그가 그토록 열고자 했던 문은 '앞'과 '뒤' 너머에 있었던 것이다. C와 나도 열차를 벗어날 수 있을까. 문이 열리면, 정말로 자기 자신이 될 수 있을까. 아니면 모든 게 그저 정신 나간 소리에 지나지 않는 걸까.

분명 한여름이었는데, 에어컨 바람 때문인지 나는 지독한 한기를 느꼈다. 열차 안에서 반란을 꿈꾸던 커티스, 열차의 운명에서 벗어날 수 없다는 윌포드, 열차 밖 세상으로 나가려던 남궁민수, 몇 번이고 되풀이되는 이방인의 노래를 들으며 생각했다. 옳고 그름의 문제는 아니겠지만, 나는 닫힌 문을 열고 싶다고.

그냥, 돈 얘기

시간을 지식으로도, 경험으로도, 새로운 기회로도
온전히 치환하지 못한 우리에게 돈을 빼면 뭐가 남는 걸까.
도대체 얼마나 많은 이들이, 얼마나 공허한 마음으로
20대 중반으로 접어드는 걸까.

L이 방을 구했다. 조용한 동네에 자리 잡은, 지하철 역에서 멀지 않은 원룸이었다. N과 나는 집들이를 핑계로 주말 동안 그의 집으로 쳐들어갔다. 우리는 근처 카페에서 한참을 떠들다, 돌아와서 적당히 긴 영화 한 편을 보고, 저녁으로 찌개인지 전골인지 알 수 없는 국물 요리를 만들어 먹었다. 그리고 산책을 다녀오면서 편의점에서 또 간식거리를 사 왔다.

방은 전세로 했어? 나는 감자칩을 입에 넣으며 물었다. 어, 전세 대출 알아본다고 죽는 줄 알았다. L은 초코 쿠키를 손에 든 채 대답했다. 그래도 매달 월세 내는 것보다 훨씬 나을 것 같은데. N이 곰 모양 젤리의 포장지를 뜯으며 말했다. 백만 배는 낫지. L은 에너지 드링크를 자기 컵에 옮겨 담으며 대답했다.

전세 대출의 장단점에 대한 우리의 이야기는 자연스럽게 돈 관리 방법에 대한 고민으로 이어졌다. 스물셋이었지만 군대를 다녀온 N을 제외하면 모두 3년 넘게 직장 생활을 하고 있었다. 나는 부모님 말씀대로 했던 거 같은데. 어떻게 했는데? 월급 80%는 적금. 와 진짜 악착같이 모았네. 그래서 밥을 한 번 안 샀구나. 짠돌이. 스크루지. 칭찬 너무 고마웠고 이제 다 나가줄래?

N과 나는 너스레를 떨면서 한바탕 웃었지만 새삼 L의 근면함에 감탄했다. 너네는 어떻게 했는데? 나는 얼마 전까지 군인이었으니까 패스. 군인은 아니었지만 나도 패스. 집에 보냈다고 했었나? 보냈지. 얼마나 보냈는데? 나는 말없이 손가락으로 숫자를 만들어 보였다. 한 번에? L이 되물었다. 그러고 보니 전후 사정을 알고 있는 친구들에게도 자세한 이야기를 한 적은 없었다. 별로 유쾌한 이야기가 아니니까, 그렇게 생각했던 것 같다.

　남들보다 빨리 일을 시작한 나는 당연히 남들보다 빨리 월급을 받았다. 현장실습생일 때는 잔업을 하지 않은 기본수당과 정부보조금을 합쳐 130만 원 정도의 급여가 들어왔던 것 같다. 하지만 월급 통장과 카드는 어머니가 관리했기 실제로 확인해본 적은 없었다. 대신 한 달에 20만 원의 생활비를 받았다. 그 돈으로 휴대전화 통신요금을 내고, 보수동 헌책방 골목에서 책을 사고, 주말에 가끔 친구를 만나 영화를 보고 커피를 마셨다.
　딱히 부족하거나 모자란 생활은 아니었다, 하지만 현장실습생이 끝나면 월급 통장을 따로 만들어야겠다고 생각했다. 나중에라도 필요한 곳에 사용할 수 있도록 준

비해두어야 하지 않을까. 그러면 적금도 넣고, 생활비 통장도 분리하고, 뭐 그래야 하지 않을까. 배우고 싶은 게 많았다. 여러 의미로 공부를 더 하고 싶었다.

돈 관리에 자신이 있는 건 아니었지만 가만히 있는 것보다는 스스로 해보는 쪽이 좋을 것 같았다. 부모님께 말씀드리니 흔쾌히 그러라고 했다. 다만 지금까지 번 돈은 중요한 일에 썼으니 이유는 묻지 말아 달라고 하셨다. 나는 알겠다고 했다. 부모님의 조언대로 은행에 가서 청약통장을 하나 더 만들었을 뿐이었다.

학교를 졸업하고 잔업을 하니 들어오는 돈이 더 많았지만, 그렇다고 특별한 방법으로 관리한 것은 아니었다. 월급이 들어오면 100만 원은 적금으로 넣고, 생활비를 제외하고 남은 돈은 다른 통장에 모았다. 그 돈으로 노트북을 사고, 일본어 학원에 다니고, 방송통신대학교 등록금을 내고, 서울에 올라가고, 주변 사람들에게 가끔 술 한잔 정도는 살 수 있었다.

계절이 돌아 다시 벚나무 가지에 분홍 봉우리가 맺히기 시작할 무렵, 첫 적금이 만기 됐다. 내가 모은 돈인데도 통장으로 들어온 금액을 확인하니 놀라웠다. 다음

날 회사에 외출 신청을 하고 은행에 가서 예금통장과 적금통장을 새로 만들었다. 성취감만큼이나 잘하고 있다는 안도감이 좋았다. 괜찮아, 이렇게만 하면 돼.

하지만 그런 기분은 오래가지 못했다. 집에서 돈을 보내줄 수 있냐는 연락을 받았기 때문이었다. 빚이 있는데, 이자를 너한테 주는 게 낫지 않겠니. 매달 얼마씩 갚아나가면 어떨까. 부모님은 여러 방안을 이야기했지만, 나에게 주어진 결론은 하나였다. 그래서 더 묻지 않고 예금을 깼다.

다음 해에는 한 번 더 돈을 보냈다. 1년 만기 적금에, 생활비를 아껴가며 모은 돈까지 전부 보내줬다. ATM의 이체 한도는 600만 원이어서, 몇 번이나 같은 계좌와 비밀번호를 반복해서 입력해야 했다. 돈을 다 보내니 명세표 3장이 남았다. 손안에서 구겨진 그 종이를, 나는 차마 버리지 못하고 지갑에 쑤셔 넣었다.

대략적인 사정은 알고 있었다. 집주인이 파산하는 바람에 전세금을 돌려받지 못했던 것도, 지금 집으로 옮기며 꽤 많은 빚이 생겼다는 것도, 급하게 돈을 구해야 했기 때문에 높은 이자를 내고 있었다는 것도. 부모님께 직접 듣지 않아도 적당히 눈치채고 있었다. 그래서 아무것도 묻지 않았다.

주변을 둘러보면 집에 돈을 보낸 사람은 나뿐만이 아니었다. 같은 회사에 다니던 선배도 비슷한 경험이 있었고, N이 군대 가기 전까지 모아둔 돈이 없는 이유이기도 했다. 서로의 사정을 나누는 일은 힘이 됐다. 그래, 나만 그런 건 아니지. 돈이 전부는 아니니까. 그보다 중요한 건 얼마든지 있으니까.

하지만 가끔, '빨리 돈 벌어서 좋겠다'는 말을 들을 때마다, 나는 그로 인해 잃어버린 것들을 생각해야 했다. 시간을 지식으로도, 경험으로도, 새로운 기회로도 온전히 치환하지 못한 우리에게 돈을 빼면 뭐가 남는 걸까. 도대체 얼마나 많은 이들이, 얼마나 공허한 마음으로 20대 중반으로 접어드는 걸까.

그 뒤로 회사를 그만둘 때까지 적금을 들지 않았다. 다시 집에 돈을 보내야 할 일이 있는 건 아니었다. 그저 별것 아닌 계획이라도 깨지고 부서지는 일이 더 이상 견디기 힘들었는지도 모르겠다. 다가올 미래보다 무서운 건, 아무런 준비도 되어 있지 않은 자신의 모습이었으니까.

지금 생각하면 부모님도 아들한테 돈 달라고 하는 게 쉽지 않았을 것 같아. 나는 마지막 남은 에너지 드링크를 컵에 옮겨 담았다. 테이블 위에는 더 이상 손을 뻗을만 한 과자가 남아있지 않았다. 표현은 안 하셔도 계속 생각하고 계실 거야. L은 조심스러운 목소리로 말했다. 그렇겠지. 근데, 그래도 말해주면 좋았을 텐데.

벽에 몸을 기대니 어깨가 무거웠다. 일주일 치 피로가 이제야 온몸으로 스며드는 것 같았다. 뭐 때문에 필요했다, 어디다 썼다, 고마웠다, 미안하다, 말해주면 좋았을 텐데. 문득 이건 괜한 이야기가 아닐까 생각했다. 그래도 한 번쯤은 확실하게 말하고 싶었다. 그 돈도 쉽게 번 건 아니었는데.

졸음이 몰려와 길게 하품을 했다. 언제 이렇게 지쳐있었던 걸까. 시계를 보니 벌써 자정이 넘어있었다. 우리는 주변을 대충 정리하고 돌아가면서 양치를 했다. L이 침대에 눕고, N과 나는 바닥에 누웠다. 잘 자라. 나쁜 꿈꿔라. 너도. 서로 인사를 하고 불을 껐는데 누군가 한마디를 보탰다. 진짜 고생했다.

뭘 고생했다는 거야, 온종일 놀기만 했는데. 대답하려 했지만 눈을 감으니 금세 몸에 힘이 빠졌다. 환기가 되지 않았는지 방 안의 공기가 답답했다. 바닥은 너무 딱딱해서 불편하게 느껴질 정도였다. 내일 아침엔 몸살이라도 걸리는 게 아닐까. 진짜 고생했다. 그 와중에 희미하게 들려오는 그 말이, 왠지 모르게 깊이 위로가 돼서, 나는 더 생각할 틈 없이 잠에 빠져들었다.

이 거리가 조금 더 따뜻하기를

열아홉 할인이 있었다면 좋았을 텐데.
공장에서 일하던 나에게.
수능을 망치고 괴로워하던 H에게.
주량을 한참 넘어 술을 마시던 친구들에게.
어쩌면 학교에 다니지 않고 어른이 되어야 했던 누군가에게도
이 거리가 조금은 더 따뜻하고 위로가 되었다면 좋았을 텐데.

12월의 도시는 축제의 느낌이 있다. 크리스마스가 다가오면서 거리 곳곳이 밝은 조명과 장식으로 꾸며지고, 사람들의 표정도 평소보다 한껏 편안해 보인다. 아마도 준비하던 일들의 결과가 대부분 연말을 맞은 이 시기에 드러나기 때문일지 모른다. 모두가 어느 정도 후련한 마음을 가지고 있는 것이다.

H도 자신이 준비하던 일을 끝까지 해냈다. 수능 결과가 만족스럽지 않았던 그는 재수를 선택했고, 1년 동안 기숙학원에서 지내며 올해 입시를 준비했다. 나는 수능 다음 날 H에게 수고했다는 문자를 보냈다. 금방 전화가 왔고, 우리는 간단한 근황을 나눈 뒤 약속을 잡았다. 오랜만에 친구를 만난다는 사실에 기대가 되면서도, 결과에 대해 묻지 않았기에 걱정이 되기도 했다.

하지만 서점 앞에서 만난 H의 표정은 밝아 보였다. 살이 조금 찌고, 지친 기색이 남아있었지만, 여전히 사람 좋은 웃음으로 농담을 건넸다. 1년 갇혀 있었더니 완전 다른 세상 됐네. 그래도 수험생 할인 두 번 받을 수 있으면 좋은 거 아니냐? 이거 수능 안 쳐본 거 티 내네. 왜? 나이 제한 있어서 재수생은 안 해줘. 그러면 열아홉 할인을 하지, 뭐 하러 수험생 할인을 한대?

시내를 걷다 보면 수험생들을 위한 할인이나 혜택을 제공한다는 광고를 흔하게 볼 수 있었다. 하지만 재수를 한 H도, 수능을 치르지 않고 곧바로 취업을 선택한 나도 그런 혜택을 받을 수 없는 사람이었다. '수험생 여러분, 수고하셨습니다!'라는 광고 문구는 거리 가득한 축제 분위기에서 자꾸만 우리를 소외시키는 것 같았다.

입시를 준비하지 않았던 열아홉의 나는 수고하지 않았던 걸까. 선배들이 졸업하고, 고등학교 3학년 교실에 들어섰을 때, 나를 포함한 대부분의 아이가 느꼈던 감정은 조바심이었다. 전국적으로 고졸 취업을 밀어주던 시기여서 정말 온갖 기업에서 채용 공고가 올라왔다. 학교마다 성적순으로 기회가 주어지는 특별채용 덕분에 빠르면 1학년 겨울방학에 누구라도 알 법한 대기업에 취업이 확정된 친구들도 있었다.

모두가 한 번의 기회라고 잡아보려 악착같이 공부했다. 학교 성적 관리는 당연한 일이었고 전공 자격증, 한국사, 토익까지 준비했다. 새벽에 기숙사 독서실에 가면 시험 기간이 아닌데도 졸린 눈을 비비며 공부하는 친구들이 있었다. 누구나 이름만 들으면 알 만한 기업. 높은 연봉을 주고 정년이 보장되는, 규모도 크고 경쟁력도 있어서 흔들리거나 무너질 걱정이 없는, 어른들이 칭찬하고 친구들이 부러워하는 '좋은 직장'이 우리의 목표였다.

한정된 자리를 차지하기 위한 노력은 치열했고, 담보할 수 없는 결과 때문에 계속해서 불안했다. 하지만 그것만이 전부는 아니었다. 적어도 나에게는 열아홉을 조금 더 누리고 싶은 마음이 있었다. 중소기업에 취업하면 9월에 현장실습생으로 학교를 떠나야 하니까. 그러면 더 이상 열아홉으로 남아있을 수 없었으니까. '어른', '신입사원', '현장실습생' 등의 단어가 그 자리를 대신할 테니까. 나는 그렇게 대체되어 버릴 반년간의 시간이 무서웠다. 모든 게 너무 빠른 호흡으로 흘러가고 있었다.

3학년 교실에는 조기 취업자를 제외하고, 일찍이 중소기업 취업으로 방향을 선회한 친구들과 간절한 마음을 놓지 못해 공부를 계속하는 친구들로 부류가 나누어졌다. 둘 사이의 경계는 처음에는 비슷해 보였지만, 파도에 쓸려가는 모래처럼 착실하게 한 방향으로 이동하고 있었다. 중상위권의 성적과 5개의 기능사 자격증, 다수의 입상 경력과 형편없는 토익점수를 손에 쥐고 버티던 나도 6월 초 중소기업 취업을 결정했다.

본격적인 여름이 시작되고, 방학 동안 나는 한시도 집에 붙어있지 않았다. 가만히 있는 건 잘못된 것 같았다. 열아홉에 해야만 하는 일이, 놓쳐버리면 안 되는 순간이 있다고 믿었다. 그래서 매일같이 산이며 바다며 워터파크로 떠났다. 하지만 내가 얻은 건 여름 감기와 허탈한 기분뿐이었다. 조급한 마음으로 시작한 일은 무엇 하나 즐겁지 않았다.

처음 스무 살이 되던 날도 마찬가지였다. 자정이 지나 술집에서 모인 학교 친구들은 과하다 싶을 만큼 술을 마셔댔다. 학교에 남아있어도, 일을 하고 있어도, 발령을 기다리고 있어도, 각자의 상황과 관계없이 모두가 수고했다며 잔을 부딪쳤다. 첫차를 타고 돌아가던 나는 결국 지하철 화장실에서 토를 했다. 머리가 아프고 기분도 최악이었다.

왜 그렇게 술을 많이 마셨던 걸까. 어쩌면 그 거리의 누구도 우리를 축하해주지 않았기 때문은 아닐까. '수험생 여러분, 수고하셨습니다!'라는 말이 우리를 소외시켰기 때문은 아닐까. 그래서 서로가 서로에게 더 많이 수고했다고, 고생했다고, 너의 스물을 축하한다고 잔을 채운 건 아닐까. 내가 어른이 되기 위해 견뎠던 시간을, 불안했던 마음과 흘려보낸 새벽을, 너희는 가슴 아플 정도로 잘 알고 있었으니까.

H와 헤어지고 돌아가는 길에도 나는 제법 취해있었다. 오랜 시간을 어떻게 참았는지 모를 정도로 긴 이야기가 오갔고, 지난 추억과 앞으로의 미래에 대해 진지한 고민을 함께 나누었다. H는 원하던 대학교에 합격해서 서울로 간다고 했다. 나는 동기들보다 일찍 산업기능요원에 편입할 수 있었기에 내년에는 방송대학교를 갈 예정이었다. 그렇게 따지면 내가 너보다 늦네! 아니지, 군대 포함하면 결국 내가 늦지! 우리도 또 한참을 웃었다.

겨울의 공기가 뺨으로 바짝 다가와 숨을 내쉴 때마다 하얀 입김이 사방으로 흩어졌다. 이야기의 여운이 남아서일까, 차가운 바람에도 몸이 떨리지 않았다. 축제의 분위기. 추억. 앞으로의 나날. 그런 것들에 둘러싸여 있으니 시간이 너무 빨리 간다는 생각이 들었다. 혼자 불안해하다 보니 열아홉이 지나고 정신 차려보니 스무 살도 막바지에 닿았다. 해야만 하는 일, 놓쳐선 안 될 순간이, 이 시간 사이에도 있었을까. 나는 잘살고 있는 걸까.

열아홉 할인이 있었다면 좋았을 텐데. 공장에서 일

하던 나에게. 수능을 망치고 괴로워하던 H에게. 주량을 한참 넘어 술을 마시던 친구들에게. 어쩌면 학교에 다니지 않고 어른이 되어야 했던 누군가에게도 이 거리가 조금은 더 따뜻하고 위로가 되었다면 좋았을 텐데. 아무도 소외당하지 않는 세상은 없는 건지, 그게 그렇게 어려운 건지 혼자 생각하며, 나는 불빛이 잦아드는 방향으로 한참을 걸었다.

나는 그들을 외롭게 두지 않을 것이다

"언론에서 현장실습생과 산업기능요원,
청년 노동자들의 죽음이 대서특필 될 때마다
나는 항상 당사자로 그 사건을 바라봤다. 슬프고, 아프고, 억울했다.
가슴이 찢어질 것 같았다. 하지만 차마 무언가를 할 엄두가 나지 않았다.
아니, 오히려 빨리 잊어버리려 노력했다.
그 감정을 간직하고 살아갈 자신이 없었다.
내가 사회적 약자라고, 내 친구가 차별받고 있다고,
우리는 억울하고 위험하고 불공평하다고.
그걸 인정하면 도저히 내일 아침 일어나서
회사에 출근할 수 없을 것 같았다."

우리는 풍경이었다

국내에서 일하는 외국인 노동자들도
언젠가 고향으로 돌아갈 것이다.
그날은 꼭 하늘이 맑았으면 좋겠다.
혼잡한 공항을 바쁜 걸음으로 나오면,
그리웠던 사람들이 기다리고 있을 것이다.

이국적이네. C가 베트남에서 사 왔다는 그림을 바라보며 나는 그렇게 중얼거렸다. 두 팔을 뻗으면 간신히 양 끝을 잡을 수 있을 정도의 캔버스 속에 노랑, 빨강, 주황 등의 색채가 화려하게 물들어 있었다. 멋지지 않아? C는 하노이 길거리에서 그림을 샀다고 했다. 사진으로는 다 담을 수 없는, 머물렀던 도시가 주는 '느낌'이 그림에는 담겨있다고 했다.

느낌이라. 듣고 보니 확실히 활기가 넘치는 그림이었다. 거칠게 뿌려진 물감은 조밀하게 사물을 묘사하기보다는, 하나의 형상으로 전체를 표현하고 있었다. 자전거를 타는 사람도, 물건을 파는 상인도, 커다란 양동이를 지고 걸어가는 일꾼도, 한여름의 아지랑이처럼 표정이나 윤곽이 뚜렷하지 않았다. 그림 속 인물 모두가 뜨겁게 달아오르는 도시의 일부가 된 것 같았다.

C는 베트남 여행 이야기를 계속해서 들려주었다. 나는 가만히 귀를 기울이며 한 번도 가본 적 없는 나라와 그곳에 사는 사람들에 대해 생각했다. 하지만 지도상 어디쯤 있다는 사실만 어렴풋이 기억날 뿐, 그들의 삶에 대해서는 짐작조차 할 수 없었다. 다만 뚜렷한 윤곽을 가진 얼굴이 떠오를 뿐이었다. 부늑 펑. 회사에서 함께 일했

던, 베트남에서 온 외국인 노동자의 이름이었다.

평이 들어오기 전에도 다양한 나라에서 온 외국인 노동자들이 회사에 다녔다. 대부분 동남아 사람이었다. 우리는 그들과 회사 기숙사 건물에서 함께 생활했기 때문에 다른 직원들보다 교류가 많았다. 처음엔 짙은 갈색 피부의 외국인들이 어색하게 느껴졌지만 자주 얼굴을 마주하니 금세 친근해졌다. 어눌한 한국어로 유쾌하게 인사를 건네는 그들이 싫지 않았다.

동기들이 통근버스를 타기 위해 정신없이 짐을 싸던 금요일에도 나는 기숙사에 남아 있는 날이 많았는데, 그럴 때면 공장에서는 알지 못했던 외국인 노동자들의 일상을 발견하기도 했다. 청소를 하고, 이불을 널고, 장을 보고, 조리실에서 직접 음식을 해 먹고, 때로는 술도 마시는 평범한 주말. 눈에 띄지 않았을 뿐 그곳에는 분명 그들의 삶이 있었다.

하지만 그들과 길게 이야기를 나눌 기회는 없었다. 관심이 없었다기보다는 언어의 벽이 높았던 탓이었다. 그래도 우리는 잘 지냈다. 무언가 고장났다던가, 필요하다던가, 고생했다던가 하는 간단한 표현들로도 대략적인 느낌을 공유할 수 있었다. 함께 일하는 모두가 크게 불편하지 않았다. 그에 비하면 부녁 펑은 확실히 지금까지 만났던 외국인 노동자들과는 달랐다.

펑은 우선 체격이 좋았다. 키가 큰 편은 아니었지만 어깨가 넓게 벌어져 있어 건장하다는 인상을 주었다. 다른 외국인들이 겉모습에 큰 신경을 쓰지 않았던 것에 비해 펑은 이목구비를 항상 단정하게 유지했다. '외국인 같지 않다'가 아니라 '잘생긴 외국인'이라는 생각이 드는 외모였다.

무엇보다 펑은 한국어에 능숙했다. 긴 문장으로 대화할 때도 어려움이 없었고, 복잡한 상황에서도 자신의 주장을 명확히 전달할 수 있었다. 덕분에 펑과는 사적인 대화도 많이 나눴다. 그가 스물여덟 살이라는 것도, 사진 찍는 게 취미라는 것도, 베트남에 약혼자가 있다는 것도 모두 펑에게 직접 들은 이야기였다.

하지만 그의 한국어 실력이 함께 일하는 친구들에게 마냥 좋은 일은 아니었다. 일을 시작하고 끝마치며 기본적으로 챙겨야 할 부분들을 가르쳐줄 때도 펑은 그 일이 자신이 해야 하는 게 맞는지, 왜 해야 하는지 납득하길 원했다. 아무리 한국어에 익숙하다고 해도 세세한 설명을 이해하는 건 어려웠기 때문에, 평을 설득하기보다는 차라리 자신이 직접 해결하는 경우가 많았다.

평은 좀 싸가지가 없는 것 같아요. 한 번은 후배 한 명이 그렇게 성토했다. 그 정도야? 나는 심드렁하게 대답했다. 평과는 다른 부서에 있었기 때문에 회사에서 만나는 일이 드물었다. 뒷정리도 안 하겠다면 어쩌자는 건지, 결국엔 다른 사람이 다 해야 되는 일인데. 후배는 고개를 저으며 말을 이었다. 우리가 뭐 나쁜 일 시키는 것도 아닌데 괜히 피해의식 느낀다니까요.

으음. 나는 선뜻 대답하지 않은 채 잠시 고민했다. 후배의 말에도 일리가 있었다. 하지만 '피해의식'이란 단어는 어딘가 부자연스러운, 커다란 그림에 잘못 덧칠된 물감 같다는 생각이 들었다. 그게 당연한 게 아닐까? 네? 외국인 노동자들은 나쁜 조건에 일하는 경우가 많으니까 자연스레 의심하고 확인하는 게 습관이 되는 거 아닐까 싶어서. 그건…… 으음. 심각한 표정을 지어 보이던 후배는 이윽고 천천히 고개를 끄덕였다. 그럴지도 모르겠네요.

아는 사람이라고는 한 명도 없는 곳에서 홀로 살아

가는 건 어떤 기분일까. 옆에 있는 누군가가, 하고 있는 일이, 혹시라도 자신에게 해가 될까 봐 항상 경계해야 한다는 건 어떤 느낌일까. 언젠가 평이 나에게 자신이 찍은 사진을 보여준 적이 있었다. 기계 소리가 들리지 않는 조용한 주말 저녁이었다.

기숙사 복도에서 마주친 평의 오른손에 커다란 카메라가 들려있었다. 외형이 세련되지 않은 구형 DSLR. 사진을 찍고 왔냐는 나의 물음에 그는 카메라에 담아둔 앨범을 보여주었다. 광안리 바닷가. 진해 벚꽃길. 남포동과 서면의 거리. 한 장 한 장 정성 들여 찍었을 것이 분명한 사진들이었다.

자주 지나다니는 장소들이었는데 사각형 프레임 안 풍경은 무척이나 색다르게 다가왔다. 특히나 사람들의 얼굴이 그랬다. 마치 풍경의 일부가 되어 각자의 개성을 잃어버린 것만 같았다. 평은 이런 시선으로 세상을 바라보고 있는 걸까. 그에게 우리는 어떤 모습으로 비쳤을까. 나는 자신의 표정과 형태가 흐물거리며 무너지는 모습을 상상하다, 흠칫 놀라고 말았다.

같은 공장에서 일하고 기숙사에서 함께 생활했지만, 평에게 우리는 친구가 아니었을 것이다. 머나먼 타국에서 홀로 살아가야 하는 그에게, 사랑하는 사람의 곁을 긴 시간 떠나야만 했던 그에게, 우리는 그저 풍경이었다. 거친 물감으로 그려진 그림처럼 뚜렷한 윤곽이나 표정이 없는 이국적인 '느낌'일 뿐이었다.

나는 C의 이야기를 들으면서 이곳에 펑이 있으면 좋겠다고 생각했다. 그가 고향의 소식을 듣는다면 무척이나 반가워할 것 같았다. 하노이 거리도, 사람들의 모습도, 그에게는 결코 흐릿하지 않을 테니까. 사각형 프레임도, 커다란 캔버스도 필요 없이 사랑하는 사람의 웃음을 떠올 수 있을 테니까. 그것만으로 다시 낯선 땅에서 살아갈 힘을 얻을 테니까.

국내에서 일하는 외국인 노동자들도 언젠가 고향으로 돌아갈 것이다. 그날은 꼭 하늘이 맑았으면 좋겠다. 혼잡한 공항을 바쁜 걸음으로 나오면, 그리웠던 사람들이 기다리고 있을 것이다. 그들과 끌어안고 함께 웃으며 깊어가는 밤을 이야기로 가득 채울 것이다. 그 이야기 속에 우리가 흐릿하더라도, 부디 나쁜 느낌으로 기억되지는 않았으면 좋겠다.

업무의 뒤편

나는 웃으며 그의 어깨를 가볍게 두드렸다.
후배의 마음이 아프지 않았기를,
함께 일하는 누구도 다치지 않기를 바라며 생각했다.
업무의 뒤편에는 여전히 사람이 있다고.

회사에 다니면서 딱 한 번, 같이 일하는 공무팀 후배에게 큰소리로 화를 낸 적이 있다. CNC 기계로 밸브를 가공하던 자동반에는 6m 길이의 황동 재료가 지름 크기별로 정리되어 있었는데, 기계가 더 들어오면서 재료를 적재하는 이동대차도 추가로 제작해야 했다. 다른 업무로 바빴던 나는 후배에게 작업 지시를 내리고 잠시 자리를 비웠다. 급한 작업이 아니니까 천천히 하라는 말도 덧붙였다.

저녁 시간이 지나고, 노후 된 전등을 교체하고 있는 나에게 후배가 다가왔다. 다 만들었어요. 어, 고생했어. 나는 대충 대답하고 하고 있던 일을 마무리하려다, 괜히 찝찝한 기분이 들어 그에게 기다려보라고 했다. 이동대차는 작업장에 있어? 자동반에 가져다줬어요. 잠깐만 있어 봐, 같이 가보자.

노란 테이프로 구분해둔 자리에 새로 제작된 이동대차가 나란히 놓여있었다. 겉모습에는 크게 문제가 없었다. 크기도 틀리지 않고, 구조도 지시해준 대로 잘 만들어져 있었다. 나는 역시 괜한 생각이었나 싶다가, 혹시나 하는 마음에 이동대차를 전부 뒤집어보았다. 거기에는 용접으로 접합해야 하는 바퀴가 달려있었다. 야. 네?

망치 가져와 봐.

　나는 건네받은 망치의 무게를 가늠해보았다. 손잡이가 나무가 아닌 철로 되어 있어 묵직한 느낌이 그대로 전해졌다. 충분하다고 생각하며 곧바로 망치를 휘둘렀다. 방금 확인했던 부분을 집중적으로 힘껏. 쾅! 쾅! 콰앙……. 제대로 접합되어 있지 않았던 바퀴는 두세 번만에 금방 떨어져 나갔다. 이게 다 한 거야? 후배의 낯빛이 금세 어두워졌다. 그는 어물거리다가 하면 안 되는 이야기를 하고 말았다. 열심히 했는데 잘 안 되었네요…….

　나는 참지 못하고 후배에게 큰소리를 쳤다. 열심히 했다는 게 변명이 되냐? 저기 쌓여있는 원자재들이 얼마나 무거운 줄은 알아? 만약에 그대로 쓰다가 바퀴가 떨어졌으면? 넌 지금 실수 하나 한 게 아니라, 네 친구랑 선배들 전부 위험하게 한 거야. 진짜 누가 다쳤으면 어쩔 뻔했어? 그때 가서 미안합니다, 실수였습니다, 이럴 거야? 너 책임질 수 있어? 어?!

　결국 이동대차를 전부 회수해서 다시 작업하기로 하고, 후배는 잔뜩 풀이 죽은 얼굴로 공무팀 작업장으로 돌아갔다. 멀리서 상황을 지켜보던 자동반 동기는 슬

며시 다가와 물었다. 쟤 또 실수했나? 아니, 실수도 실순 데……. 나는 흥분을 가라앉히려 잠시 호흡을 가다듬었 다. 생각보다 오래 혼을 냈는지, 벌써 퇴근 시간이 다가 오고 있었다.

평소라면 그렇게까지 화를 내지 않았을 것이다. 잘 못된 부분을 알려주고 다시 작업을 시키면 그만이었으니 까. 하지만 이번에는 그러지 못했다. 어쩌면 나는 후배 가 실수를 했다는 사실보다, 그 실수를 하면 안 되는 이 유에 대해 더 깊이 생각한 건지도 몰랐다. 본인 스스로 놀라 풀이 죽어야 할 만큼 중요한 이유라고, 그렇게 느꼈 던 게 아닐까.

나도 지금까지 셀 수 없을 정도로 차장님에게 혼이 났다. 도면을 잘못 보고 전혀 다른 형태의 부품을 만들거 나, 지시사항을 제대로 이해하지 못해 우왕좌왕할 때면 어김없이 지적을 받았다. 한 번은 자동기계의 안전커버 를 제작하는 업무를 맡았는데, 가공 부위에 닿지만 않으 면 된다는 생각으로 철판을 대강 잘라서 붙여뒀다. 그런 데 마무리된 작업을 확인하는 차장님의 표정이 좋지 않았 다. 그는 나를 불러 전부 원상복구 시켜 놓으라고 했다.

태준아, 작업을 할 때 생각을 좀 하고 해라. 이 기계 어떻게 움직이는지 생각해봤나? 작업하는 애들이 어떻게 쓰는데? 공구 바꾸거나 청소를 할 때는 어떻게 하대? 니 알고 작업했나? 모르면 물어봐야지 그냥 달아놓으면 그만이가? 책임은 누가 지는데? 한 번 일할 때 제대로 해야 할 거 아니가, 어?

별생각 없이 작업을 했던 나는 차장님의 지적에 차마 고개를 들지 못했다. 우습게 여기고 넘겨버린 문제가 더 커져 버릴 수도 있었는데. 해결하지 못한 고장이 작업자들에게 위협이 될 수도 있었는데. 내가 하는 일은 그들의 편의와 안전을 책임지는 일이었는데. 그 사실을 깨닫지 못한 자신이 너무나도 부끄러웠다.

'공무팀'의 업무라는 건 일반적으로 제품을 만드는 작업과는 달랐다. 공장에는 정말 수많은 기계가 있고, 그 기계들은 필연적으로 여러 문제를 일으키기 마련이었다. 기계가 멈춘다는 건 작업이 멈춘다는 이야기고, 그러면 생산성과 매출에 지장이 생긴다. 공무팀은 그런 문제를 해결하며 공장이 계속 돌아갈 수 있도록 윤활유 같은 역할을 해야 했다.

하지만 어떤 기계든 미리 신호를 보내고 고장 나는 경우는 없었기에, 문제가 생길 때마다 해당 부서에서 공무팀으로 달려오는 경우가 많았다. 그래서 일을 하다 보면 자연스럽게 많은 사람과 마주하게 됐다. 부서별 반장님과 연구소 직원들, 부모님 나이대의 여성 사원님들과 CNC 기계를 돌리던 친구와 선배. 멈춘 기계의 맞은편, 업무의 뒤편에는 항상 사람이 있었다. 후배에게도 그 사실을 알려주고 싶었다.

물론 아무리 노력해도 채워지지 않는 부족함도 있을 것이다. 3년 동안 회사에 다닌 나조차 모르는 것이 많으니까. 작업에 익숙하지 않은 신입사원이라면 자신이 끝낸 업무에 문제가 있는지 찾아내기도 힘들 것이다. 하지만 그렇기 때문에 더더욱 높은 기준을 가지고 자신을 경계해야 한다. 욕먹을 각오로 한 번 더 물어보고, 부끄럽고 쪽팔리더라도 자신의 부족함을 인정해야 한다.

그러지 않고 막연히 괜찮을 거라고 넘겨버린 일들은 반드시 더 큰 문제가 되어 돌아오고는 했다. 잔인한 말일지 모르지만, 사고가 일어났을 때 '열심히 했다'라는 말은 아무런 의미가 없었다. 그 말은 누구도 책임져주지 않았다. '책임'은 귀찮음을 무릅쓰고 한 번 더 확인해보는 일에 있었다. '혹시나'하는 마음으로 이동대차를 전부 뒤집어 보는 일에 있었다.

　퇴근 후 복도에서 후배를 마주쳤다. 나는 괜히 멋쩍어져 먼저 사과를 건넸다. 큰소리쳐서 미안하다고. 그래도 이해해달라고. 나도 놀라서 그랬다고. 진짜로 사고가 나면 곤란해지는 게 문제가 아니라 다치는 사람이 생길지 모른다고. 그런 일이 없도록 너는 내가, 나는 차장님이 챙기게 되는 거라고.

　후배는 손을 내저으며 오히려 자기가 죄송하다고, 괜한 변명하지 말고 인정해야 했다고 말했다. 그러면서 다음에는 꼭 한 번 더 물어보고 확인하겠다고 했다. 그래, 물어보면 짜증 안 내고 알려줄게. 나는 웃으며 그의 어깨를 가볍게 두드렸다. 후배의 마음이 아프지 않았기를, 함께 일하는 누구도 다치지 않기를 바라며 생각했다. 업무의 뒤편에는 여전히 사람이 있다고.

끝나지 않는 장마가 오면

독하게 마음먹긴 했지만, 어디선가 돌고 있을 소문을 상상하는 건
공장을 가득 채운 습한 열기보다 견디기 어려운 일이었다.
니 G랑 싸웠나?
누군가 넌지시 물어올 때면 가슴이 덜컥하고는 했다.

이튿날부터 시작된 비가 더운 밤까지 이어졌다. 창문 너머 들이치는 소리가 요란했다. 수많은 작은 손이, 저마다 주먹을 쥐고 마음을 두드리는 것 같았다. 덕분에 나는 쉽게 잠들지 못하고 한참을 뒤척였다. 불이 꺼진 방은 눈을 뜨고 있어도 감은 것과 별반 차이가 없었다. 초점 없는 시야로, 식지 않은 기억이 불씨처럼 간간이 떠올랐다 사라졌다.

짙은 어둠을 배경으로 보이는 건 G 선배의 얼굴이었다. 잔뜩 화가 난 표정. 상대를 짓누르려 힘이 들어간 말들. 나는 그가 무엇을 원하는지 알고 있었다. 적당히 넘어갈 붙임성과 요령도 가지고 있었다. 하지만 그러지 않았다. 그러고 싶지 않았다. G 선배를 바라보는 나는 여전히 같은 생각을 하고 있었으니까. 제가 틀린 말 했어요?

그 여름 장마는 유독 끈질겨서 잠시 멈추는가 싶다가도 금세 다시 비가 쏟아졌다. 오래 닫혀있는 하늘만큼이나 사람들의 표정에도 그늘이 졌다. 회사 기숙사에서 생활하던 우리는 특히나 장마를 끔찍하게 여겼는데, 비가 오면 시도 때도 없이 내려가는 차단기가 문제였다. 새벽에 숨 막히는 느낌이 들어 잠에서 깨면 어김없이 에어

컨이 꺼져있었다. 회사에 몇 번이나 이야기를 했지만 노후화된 시설이 문제라 간단히 해결할 수가 없었다.

그날도 아무런 전조 없이 팟, 하고 전등이 나갔다. 정말 그런 소리가 들렸는지는 모르겠다. 그저 방안에서 순식간에 빛이 사라지려면 마땅히 소리가 필요할 것 같았다. 아아, 또 나갔네. 침대에 누워있던 K가 앓는 소리를 했다. 아아, 차단기 좀 올려주라. 말 안 해도 갈 거다. 나는 읽던 책을 덮어두고 휴대전화를 집어 들었다. 전기가 끊어지면 모두가 곤란했다.

밖으로 나오자 복도 조명은 멀쩡하게 주변을 밝혔다. 정전이 돼도 건물 전체에 전기가 나가는 건 아니었다. 공동 샤워실을 기준으로 왼쪽에 위치한 방들이 유독 문제가 많았다. 그래도 비는 안 새니 다행인 건가. 나는 푸념 섞인 혼잣말을 하며 비상계단으로 이어진 문을 열었다. 빗방울 떨어지는 소리가 복도 가운데로 길게 울렸다.

말끔한 스텐 배전반을 안으로 나란히 잘 정리된 전선과 차단기가 보였다. 문제가 생긴 부분은 금방 찾을 수 있었다. 타닥. 그런데 스위치가 올라가지 않았다. 어? 정확히 말하면 올리자마자 용수철이 튕기듯 순식간에 제자리로 돌아갔다. 뭐야? 설마 누전됐나? 기계를 고치다 보면 자주 있는 일이었다. 하지만 이건 건물인데, 함부로 고치거나 손을 댈 수는 없었다.

빨리 안 올리고 뭐 하냐! 이러지도 저러지도 못한 채 차단기만 노려보고 있자, 비상계단 문을 열고 G 선배가 들어왔다. 그의 방도 가운데를 기준으로 왼쪽에 위치해 있었다. 이거 올리면 안 될 것 같은데요. 나는 방금 확인했던 차단기 상태와 누전 가능성에 대해 이야기했다. 내일까지 기다렸다가 관리팀에 이야기하는 게 좋을 것 같아요.

하지만 G 선배는 이해가 안 된다는 듯 얼굴을 찌푸렸다. 그냥 올려라, 맨날 그랬잖아. 이러는 건 처음인 거 같은데요. 에어컨 없이 어떻게 자는데, 휴대폰 충전도 안 되잖아. 그래도……. 그는 더 이상 듣기 싫다는 듯 손을 내저었다. 괜찮다! 형이 학교 다닐 때 전기과였다 아이가, 그냥 올리면 된다. 쫄리면 내가 할게.

G 선배의 행동이 너무 갑작스러웠기 때문에 나는 미처 그를 말리지 못했다. 두 번이나 고집이 꺾인 차단기는 제자리로 돌아가는 대신 더 강한 의사 표현을 하기로 작정한 듯했다. 그렇게 팟, 하고 복도 전등이 나갔다. 이

번에는 확실하게 들을 수 있었다. 차단기 스위치를 태워버리는 강렬한 불꽃과 함께, 그건 분명 건물 전체의 빛이 순식간에 사라지는 소리였다.

이거 완전히 죽었네요. 나는 반쯤 녹아버린 차단기를 보며 중얼거렸다. 주변의 전선까지 새까맣게 그을려 있었다. 사무실은 괜찮으려나, 대리님한테 바로 연락드리는 게 나을 것 같은데요. 아무 대답도 하지 않던 G 선배는 내가 휴대전화를 꺼내자 갑자기 고개를 돌렸다. 주변은 어두웠지만 그가 무척 가까이서 마주 보고 있음을 알 수 있었다.

와씨, 니 때문에 죽을 뻔 했다이가. 그러게요, 엄청 놀랐어요. 나는 장난스럽게 맞장구쳤다. 그런데 G 선배의 목소리엔 웃음기가 없었다. 알았으면 말렸어야지 보고만 있나? 에이, 제가 그래서 손대지 말자고 했잖아요. 와, 말 겁나 싸가지 없게 하네? 싸가지 없는 게 아니라…… 하지만 그는 단박에 내 말을 끊었다. 니 내가 우습나?

아마 그때, 내 머릿속에서도 불꽃이 튀었을 것이다. 펑 하는 소리와 함께 무언가 끊어졌을 것이다. 아- 시발.

방금 뭐랬는데? 욕했는데요. 니 나랑 몇 살 차이 나는지 아나? 알면 좀 형처럼 구세요. 뭐? 형이 잘못해놓고 왜 남 탓하는데요, 왜요, 회사에서 뭐라 할까 봐 쫄았어요? 이 새끼가! 아니 뭐, 제가 틀린 말 했어요?

그 후로도 비는 한참을 더 내렸다. 지면을 때리는 소리가 격해지고 물방울이 사방으로 튀었다. G 선배와 내가 뱉은 욕지거리도 온 기숙사를 시끄럽게 울렸다. 정전과 고함에 놀란 다른 방 친구들이 말리러 나올 때까지. 아마 각자 방으로 돌아간 후에도 그 소리는 저마다 주먹을 쥐고 마음의 어딘가를 끊임없이 두드렸을 것이다.

처음에는 화해할 생각도 있었다. G 선배와 다시 잘 지내고 싶다기보다는, 같은 공간에서 생활하는 사람과 언짢은 관계가 되는 게 피곤해서였다. 하지만 얼마 뒤 그가 회사에서 나에 대한 험담을 하고 다닌다는 사실을 알고는 가능성을 완전히 접었다. 겨우 생각해낸 게 그런 거라니. 시시한 정치질로 사람을 주무르려는 발상에 진절머리가 났다. 그래, 어디 떠들고 싶은 만큼 떠들어봐라.

독하게 마음먹긴 했지만, 어디선가 돌고 있을 소문을 상상하는 건 공장을 가득 채운 습한 열기보다 견디기 어려운 일이었다. 니 G랑 싸웠나? 누군가 넌지시 물어올 때면 가슴이 덜컥하고는 했다. 그 이야기가 어떻게 와전되었을지, 나에 대해 얼마나 많은 거짓말이 더해졌을지 알 수 없기 때문이었다.

하지만 그럴수록 오기가 생겼다. 나는 G 선배를 정말 깔끔하게 무시했는데, 그가 어떤 말을 하고 다니던 기죽지 않기로 했다. 업무는 확실하게 처리했고, 주변 사람들에게는 예의 바르고 솔직하게 행동했다. 불편한 질문들에는 전혀 모르겠다는 표정으로 웃어넘겼다. 그런 뻔뻔함에 스스로도 놀랄 지경이었다.

시간이 지나면서 더위는 점점 물러갔다. 시원한 바람이 불기 시작하자 질척거리던 시간도 새로운 날들로 환기됐다. 별말 없이 묵묵히 일 잘하던 내 평판은 여전히 좋았고, G 선배가 내는 소문은 뒤끝 있는 옛날이야기 취급을 받았다. 높이 열려있는 파란 하늘을 보며 나는 직감했다. 장마가 끝났다. 답답한 먹구름도, 짜증스러운 습기도 어느새 계절의 뒤편으로 멀어졌다.

기숙사에서 맥주를 마시며 친구들은 한껏 목소리를 높였다. 진짜 그 형은 너 아니었으면 평생 버릇 못 고쳤을걸? 반장님이 G 선배한테 그만 좀 해라고 하는데, 내 속이 다 후련하더라. 그들은 지금까지의 스트레스를 분출하듯 나의 용기와 끈기를 칭찬했다. 하지만 그럴수록 나는 뿌듯함보다는 다소 허탈한 기분에 사로잡혔다.

기숙사 보수 공사는 여전히 미뤄졌고, 안 그래도 쉽게 지치는 여름 동안 모두가 이득 없는 싸움에 휘말려 심리적인 피로감을 느껴야 했다. 도대체 왜 그래야 했던 걸까? 내가 고집을 꺾었다면, 먼저 사과했다면 괜찮았을까? 하지만 그랬다면 G 선배는 나를 만만하게 여기고, 자신의 승리에 도취해 금방 또 다른 누군가를 괴롭혔을 것이다.

'얘들아, 너무 착해도 이 나라에서 살기 힘들다. 적당히 싸가지도 부리고 개기기도 해야지 묵묵하게 일만 하면 호구로 보고 갈구기만 한다. 그리고 혹시라도 때리거나 건드리면 너는 더 때려라. 이게 팩트다. 약한 모습 보이지 말고. 세상이 그래. 더 강해져라.'

문득 그 말이 떠올라 나는 맥주를 마시던 손을 멈췄다. 스물한 살 산업기능요원의 죽음을 다룬 기사에 달린

댓글. 나와 동갑이었을 누군가의 죽음을 보며 나는 자신에게 되묻고는 했다. 강해진다는 건 싸가지를 부리는 걸까. 자신이 상처 입지 않기 위해 남을 더 상처 입히는 사람이 되는 걸까. 강해진다는 건, 겨우 그런 걸까.

쏟아지는 감정에 못 이겨 잠시 눈을 감았다. 오늘은 날씨도 맑은데, 자꾸만 무언가가 마음을 두드리고 있었다. 누군가의 하늘은 여전히 비가 올 텐데. 끝나지 않는 장마가 올 텐데. 고함, 소문, 답답한 공기와 질척거리는 시간을 혼자 견뎌야 했을 누군가에게 전하고 싶었다. 강해질 필요 없다고. 너는 아무런 잘못도 하지 않았다고.

나는 그들을 외롭게 두지 않을 것이다

누군가의 아픔을 진심으로 이해했을 때,
어쩌면 작가는 아무것도 쓸 수 없을지도 모른다.
그럴 때 할 수 있는 일은 '있는 그대로'의
무언가를 전하는 일이 아닐까.
그렇다면 나는 무엇을 전할 수 있을까.
무엇을 쓸 수 있을까.

그러니까 우리가 먹고 마시고 이용하는 모든 일상 영역에 '알지 못하는 아이의 죽음'의 흔적이 남아 있다.

—『알지 못하는 아이의 죽음』17p

이 책을 처음 알게 된 건 2018년 10월, 책이 아직 세상에 나오기 전의 일이었다. 『쓰기의 말들』을 주제로 부산에 강연을 오셨던 은유 작가님에게 한 참여자가 질문을 했다. 앞으로 어떤 글을 쓰고 싶으시냐고. 은유 작가님은 담담하게 "특성화고를 졸업하고 일을 시작하는 현장실습생에 관한 글을 쓰고 싶다"고 대답했다.

강연 스텝으로 그 자리에 있던 나는 커다란 감정이 가슴을 두드리는 듯한 기분을 느꼈다. 온몸이 그대로 굳어버려서, 강연이 끝났음에도 한참 동안 그 자리를 떠나지 못하고 가만히 서 있었다. 돌아가는 발걸음이 무거웠고, 생각은 여러 갈래로 뻗어 쉽사리 하나로 모이지 않았다. 오랜 시간 짙은 색을 드리우며 자신을 돌아보게 되는 감정. 그건 아마 부끄러움이었다고 생각한다.

나는 현장실습생이었다. 특성화고등학교 중 국가지원이 많았던 마이스터고에서 공부했고, 열아홉 살부터 회사에서 일을 시작했다. 다음 해에 바로 산업기능요원으로 편입할 수 있었던 덕분에 3년 7개월 동안 같은 회사에 근무하며 기계 설비를 고쳤다. 퇴근 후에는 기숙사 방에서 새벽까지 책을 읽거나 글을 썼다.

하루에 10시간씩 이어지는 노동이 힘들기는 했지만 기댈 수 있는 것들이 많았다. 회사에 다니며 군 문제를 해결할 수 있다는 사실. 매달 들어오는 월급. 기숙사에서 함께 생활하는 친구들. 부모님에게 의지하지 않아도 괜찮다는 독립적인 감각. 홀로 글을 쓰는 긴 새벽의 시간. 완벽하지 않아도 이 정도면 나쁘지 않다고 생각했다. 잃는 것보다는 얻는 게 많다고 믿었다.

하지만 모두가 그런 건 아니었다. 매번 지금 하는 일에 의미가 있는지, 얼마나 더 버텨야 하는지, 자신이 잘못된 선택을 한 건 아닌지 의심해야만 하는 친구들이 있었다. 그들에게는 문제에 대해 충분히 고민할 수 있는 시간과 여유도 없었다. 학교에서 항상 긍정적으로 맡은 일을 잘 해내던 친구는, 연일 이어지는 야근과 늘어나는 업무 강도 때문에 괴로워했다. 나는 그에게 이직을 권했다. 그런 회사는 빨리 나와 버려야 한다고. 너는 훨씬 좋은 곳으로 갈 수 있다고. 산업기능요원으로 편입한 직후였던 그는 한숨을 쉬며 조금 더 고민해보겠다고 했다.

　　언론에서 현장실습생과 산업기능요원, 청년 노동자들의 죽음이 대서특필 될 때마다 나는 항상 당사자로 그 사건을 바라봤다. 가슴이 찢어질 것 같았다. 슬프고, 아프고, 억울했다. 하지만 차마 무언가를 할 엄두가 나지 않았다. 아니, 오히려 빨리 잊어버리려 노력했다. 그 감정을 간직하고 살아갈 자신이 없었다. 내가 사회적 약자라고, 내 친구가 차별받고 있다고, 우리는 억울하고 위험하고 불공평하다고. 그걸 인정하면 도저히 내일 아침 일어나서 회사에 출근할 수 없을 것 같았다.

　　내게는 학교에서부터 함께 시간을 보냈던 우리 모두의 삶이 불행하다고 인정할 자신이 없었다. 하지만 내가 고개를 돌리고 있는 사이 가장 아프고, 슬프고, 억울하신 분들이 자신의 목소리를 냈다. '선한 일을 행하지 않음'에 대해 반성하며 용기를 냈다. 은유 작가님은 '겸손한 목격자'의 마음으로 그들의 목소리를 한 권의 책으로 엮었다. 그렇게 『알지 못하는 아이의 죽음』이 세상에 나왔다.

애가 기숙사에서 오는 토요일엔 제 주말 스케줄은 '올 스톱'이었죠. 그 1박 2일이 엄마 노릇을 할 수 있는 유일한 기회니까요. 맛난 것 해서 먹고, 오자마자 옷 빨아서 널고 말려서 월요일에 보내야 하니까요. 주말 아니면 아들이랑 밥 먹을 기회가 없어요. 그래봤자 두 번 정도 먹어요. 지금 생각해보면 동준이가 기숙사에서 오는 그 시간이 제일 행복했어요.

　　　―『알지 못하는 아이의 죽음』 67p 강석경(김동준 어머니)

회사는 민호를 실습생이 아니라 직원처럼 대했대요. 직원한테 최저임금 주나요? 학생을 데려다 일주일 교육하고 베테랑 직원이 할 일을 시켰어요. 공장장한테 당신은 사기꾼이다, 진짜 나쁜 사람이라고 그랬어요. 듣고만 있어요. 아무 대답도 안 해요.

　　　―『알지 못하는 아이의 죽음』 128p 이상영(이민호 아버지)

이번 여름 내내, 이 책을 읽으면서 정말 많이 울었다. 너무 많이 울어서 머리가 아팠다. 학교에서 단체로 기숙사 생활을 하고, 일주일에 한 번 집에 와서 가족들과 밥을 먹고, 자격증 공부를 하고, 취업을 준비하고, 대학생을 부러워하던 그 아이는, 알지 못하는 아이가 아니었다. 그 아이는 철야를 밥 먹듯이 하던 친구였고, 이사에게 뺨을 맞았던 후배였고, 회사 기숙사에서 퇴사를 고민하던 선배였다. 그리고 때로는 나 자신이었다.

그들을 혼자 두지 말아야 했는데, 외롭게 두지 말아야 했는데…… . 나는 왜 그들의 손을 잡아주지 못했을까. 진심으로 위로해주지 못했을까. 왜 그리도 무책임한 말들을 쏟아냈던 걸까. 왜 막막한 고립감 속에 그들을 내버려두었을까. 왜 그들의 이야기를 쓰고자 마음먹지 않았을까. 자신의 아픔을 감추기 위해 그들을 더욱 아프게 만들었을까. 그날 홀로 남은 강연장에서처럼, 나는 모든 게 참을 수 없을 만큼 부끄러웠다.

누군가의 아픔을 진심으로 이해했을 때, 어쩌면 작가는 아무것도 쓸 수 없을지도 모른다. 그럴 때 할 수 있는 건 그저 '있는 그대로'의 무언가를 전하는 일이 아닐까. 그렇다면 나는 무엇을 전할 수 있을까. 무엇을 쓸 수 있을까. 긴 시간을 고민하고, 괴로워하고, 잠 못 드는 밤을 넘어서야, 이제야 겨우 무언가를 쓰려고 한다. 나는 그들을 외롭게 두지 않을 것이다.

수치심에 대하여

조금 더 올곧은 사람이었다면
부끄럽지 않을 수 있었을지 몰라.
그랬다면 더 나은 세상이 되었을지 몰라.
조금의 아픔과 상처라도 덜어내고,
수치심 같은 거, 느끼지 않았을지도 몰라.

H와는 해운대 지하철역에서 만나기로 했다. 그는 경기도 인근에서 군 복무를 하고 있었기 때문에 자주 부산에 내려올 수 없었다. 휴가를 나와도 서울에서 대학 친구들과 시간을 보내는 경우가 많았다. 어쩌면 그즈음엔 우리가 예전만큼 서로를 필요로 하지 않은 걸지도 몰랐다. 각자의 생활 속에서 H에게는 의지할 만한 새로운 사람들이 생겼고, 그건 나도 마찬가지였다. 덕분에 우리가 만났을 때 그는 이미 상병 말 호봉이 되어 있었다.

와, 진짜 시간 금방 가네. 군인 앞에서 그런 말을 한다고? 내가 군대 갔냐? 이심전심에 배려심까지 넘치네. 너한테는 과분한 친구지. 우리는 만나자마자 장난을 주고받았다. 거의 1년 만에 보는 얼굴이었지만 어색함이 없었다. 그래, H는 원래 이랬지. 새삼스레 그의 친근함에 감탄한 나는, 한편으로 여전히 우리가 서슴없이 대화할 수 있다는 사실이 다행스러웠다.

미리 봐두었던 막창집으로 자리를 옮긴 후, H는 자신이 복무하고 있는 미군 연합부대에 대해 말해주었다. 미군 병사에게 이순신 장군에 대해 설명해줬다는 이야기를 할 때는 둘이서 한참을 웃었다. 우리 부대에는 이제 '제너럴 이'를 모르는 사람이 없을걸. 훌륭하다 훌륭해.

H는 군 생활이 나쁘지 않다고 했다. 걱정한 것만큼은 아니라고, 사람 사는 데는 다 비슷하다고 했다.

　그래도 힘든 일은 없냐. 나는 빈 잔에 소주를 따르며 물었다. 그때, 짧은 순간이지만, 나는 H의 얼굴빛이 바뀌는 걸 보았다. 착각이었나 싶을 만큼 아주 잠깐이었다. 없는 건 아니지만 별일 아니야. 그는 상기된 목소리를 그대로 유지한 채 대답했다. 그리고 자연스럽게 대화를 다른 주제로 넘겼다. 결국 우리가 막창집에서 나와 각자 집으로 돌아갈 때까지, 나는 그 순간에 대해 H에게 다시 묻지 못했다.

　한동안은 그날의 기억이 머릿속을 떠나지 않았다. 일을 하다가도 문득, 어두워진 H의 표정이 떠오르고는 했다. 그는 무엇에 대해 말하기를 주저했던 걸까. 아마 군대에서 있었던 일 때문일 거라 추측했지만 그뿐이었다. 현역으로 복무한 적이 없던 나는 H의 생활을 명확히 이해할 수 없었다. 앞에 있던 게 내가 아니었다면 그는 끝까지 이야기를 이어갔을까. 쉽게 공감하고, 힘이 되어줄 수 있었을까.

　대한민국의 건장한 20대 남성이라면 누구나 군대

문제에서 자유로울 수 없었지만, 나는 현역 입대를 기다리는 또래에 비해 고민이 덜한 편이었다. 건강에 문제가 있거나 다른 특별한 사정이 있던 건 아니었다. 그저 산업기능요원으로 편입해 다니고 있는 회사에서 대체복무가 가능하기 때문이었다.

'산업기능요원'은 병무청이 지정한 산업체에서 2년 10개월 간 근무하면 현역 입대를 하지 않아도 군 복무를 이행할 수 있는 제도였다. 공기업이나 규모가 큰 기업은 지정업체에서 제외됐기 때문에, 중소기업에 취업하는 아이들은 대부분 산업기능요원 복무를 희망했다. 조건이 다소 부족하더라도 군 문제를 해결한 후 이직하면 된다는 생각이었다.

물론 회사에 입사한다고 곧바로 산업기능요원으로 편입할 수 있는 건 아니어서, 대부분의 아이들은 일반 사원으로 근무하며 자신의 차례를 기다려야 했다. 스무 살에 편입한 나도 소집해제까지의 근무 기간을 합하면 3년 7개월이었다. 육군 장병의 복무가 1년 6개월인 걸 감안하면 긴 시간이었지만, 회사에서 일한 경력을 인정받으며 돈까지 벌 수 있으니 군대에 가는 것보다는 훨씬 나은 조건이었다.

누군가 산업기능요원 시절에 대해 물어보면, 나 또한 '나쁘지 않았다'라고 대답했을 것이다. 회사에서 하던 업무도 마음에 들었고, 사회에 남아있었기 때문에 할 수 있는 일도 많았다. 심각한 사건·사고가 있었던 것도 아니고, 누군가 크게 다치거나 피해를 본 적도 없었다. 하지만 정말 아무 일 없었냐고 묻는다면, 그것 또한 진실은 아니었다. 설명하기 복잡해 넘겨버린 사연들이, 지나간 시간 사이사이 어두운 낯빛으로 남아있었다.

산업기능요원으로 복무하는 동안 두 번 정도 병무청 직원이 회사로 찾아온 적이 있었다. 제대로 현장에서 복무하고 있는지에 대한 감사를 겸한 일종의 실태조사였는데, 그럴 때면 우리는 잠시 일을 멈추고 평소엔 갈 일도 없는 사무동 교육실 같은 곳에 모였다. 내가 다니던 회사는 매년 현장실습생을 받았고, 그중 대부분이 산업기능요원으로 편입했기에 인원이 제법 됐다. 병무청 직원도 같은 생각을 했는지 여러분은 외로울 걱정은 없겠다며 말을 이었다.

복무는 잘하고 있나요? 네. 사무직 근무를 하는 사람은 없죠? 네. 주간대학에서 수학하는 사람도 없고? 네. 4촌 이내의 직계존속이 회사 대표이사인 사람 있나요?

몇몇이 허탈한 웃음을 터트렸다. 질문을 이어가던 그도 없는 거 확실하냐며 가벼운 농담을 한 번 더 던졌다. 좋습니다, 그러면 회사에서 폭행이나 폭언이 있었나요? ……. 네, 없는 거로 할게요.

아주 짧은 순간, 그 침묵 사이로 얼마나 많은 눈빛이 오고 갔는지 모두가 알았다. 우리의 표현이 암묵적인 동의라는 것도, 그가 의도적으로 그걸 무시했다는 것도, 그럼에도 누구 하나 제대로 된 사실을 이야기하지 못했다는 것도, 마음속 깊은 곳에서부터 불편한 감정을 느끼게 했다. 그 자리에 있던 아이 중 몇 명이나 눈치챘을까. 그 감정이 수치심이었다는 걸. 자신도 모르게 받았던 상처에 대해, 우리는 얼마나 자각하고 있었을까.

나는 그 이야기를 누구에게도 하지 않았다. 말하기 위해선 스스로가 떳떳하지 못했다는 사실을 고백해야 했으니까. 침묵의 순간, 모두가 방관자이자 가해자였다는 사실을 받아들여야 했으니까. 그 사실이 끊임없이 스스로를 자책하도록 만들었기 때문에, 나는 어느 순간부터 그날의 기억에서 고개를 돌려버렸다. 시간의 범위를 넓게 설정하고, '나쁘지 않았다'는 말속에 사건의 구체성을 뭉그러트려 버렸다.

어쩌면 H가 하지 못한 말도 그런 이야기가 아니었을까. 떠올리는 것만으로 자신에게 상처를 주는, 수치심에 대한 기억이 아니었을까. 만약 그랬다면 나는 그에게 어떤 말을 해줄 수 있었을까. 마땅한 대답을 고민해보았지만 아무것도 떠오르지 않았다. 섣부른 위로는 상처를 덧나게 할 뿐이었다.

그렇다면 우리가 할 수 있는 일은 고백 그 자체가 아닐까 싶었다. 나도 그런 적이 있어. 지금도 후회하지. 조금 더 용기를 냈다면 좋았을 텐데, 하고. 조금 더 올곧은 사람이었다면 부끄럽지 않을 수 있었을지 몰라. 그랬다면 더 나은 세상이 되었을지 몰라. 조금의 아픔과 상처라도 덜어내고, 수치심 같은 거, 느끼지 않았을지도 몰라.

하지만 결국 그러지 못했지. 누군가는 그게 우리의 잘못이 아니라고 하겠지만, 나는 그 말을 믿을 수가 없어. 분명 상처받은 사람이 있으니까. 그래서 나는 더 깊게 생각할 거야. 수치심에 대해, 이 감정이 나에게 요구하는 양심에 대해. H는 어떤 생각을 하고 있을까. 다음에 그를 만나면 서슴없이 이야기를 나눌 수 있으면 좋겠다고, 내가 그만큼 친근한 사람이면 좋겠다고 막연히 생각했다.

좋은 게 좋은 일

이렇게 따뜻한 마음을 가진 사람이
왜 모욕감을 느껴야 하는 걸까.
참고 당하며 함부로 다루어지다,
다른 누군가를 함부로 대했다는 사실에
괴로워해야 하는 걸까.
그게 대체 누구에게 좋은 일인 걸까.

'형님, 저 태준입니다. 먼저 사과드리고 싶어서 연락드렸어요. 제가 했던 말이 기분 나쁘셨다면 진심으로 사과드릴게요. 죄송합니다. 저도 어제 정신도 없고 술도 들어간 상태에서 형이 갑자기 멱살 잡고 하시니 놀랐던 거 같아요. 혹시 동생으로서 하면 안 될 말이나 행동이 있었다면 언제든지 말씀해주셔도 괜찮습니다. 다시 한번 죄송하고 내일 만나서도 꼭 사과드리겠습니다.'

문자 전송 버튼을 누른 후 휴대폰을 침대 옆으로 던져버렸다. 답장을 기다리고 싶지 않았다. 일요일 아침이었고, 겨울 햇살을 받은 창문이 방안을 은은하게 밝히고 있었다. 실내 공기가 차가워 이불 속에서 가만히 몸을 웅크렸다. 숙취와는 다른, 답답한 피로가 머리를 무겁게 했다. 다시 잠이 들까 싶었는데 휴대전화 근처에 어제 피다 만 담배가 눈에 띄었다. 나는 조금 고민하다, 외투를 챙겨 입고 밖으로 나왔다.

집 앞의 콘크리트 계단은 얼음장 같았지만 햇살이 드는 곳은 그럭저럭 견딜 만했다. 적당한 자리에 앉아 담배에 불을 붙였다. 냄새도 싫고, 텁텁해지는 입안도 싫었다. 그래도 숨을 들이쉬고 내뱉는 과정을 흰 연기로 확인하다 보면 머리가 가벼워졌다. 좋은 게 좋은 거니까, 그냥 넘어가자. 귓가에 그런 목소리가 들렸다. 나는 필터 끝까지 타들어 간 담배를 땅에 비벼 껐다. 희미해지는 불씨와는 반대로 목 언저리의 통증이 생생하게 살아났다.

토요일 저녁 7시, 시내에서 보자고 했다. 솔직히 귀찮은 마음이 컸다. 원래 사람이 많은 자리를 좋아하지 않아서 친구들도 따로따로 만나는 편이었다. 그럼에도 시간에 맞춰 집을 나선 이유는 S 선배가 했던 말 때문이었다. 회사 그만두기 전에 같이 지냈던 기숙사 사람들이랑 다 같이 한 번 모이면 좋겠다고. 내가 빠지면 '다 같이'가 되지 않으니 나갈 수밖에 없었다.

S 선배는 나보다 2년 먼저 회사에 입사해 산업기능요원 복무를 시작했다. 유쾌한 농담을 던질 줄 아는 사람이었고, 윗사람들에게도 싹싹해서 회사 내에서의 평판도 좋았다. 현장에서는 후배들을 잘 챙기면서 기숙사에서는 귀찮은 일을 도맡아 했으니, 나이 차가 크지 않아도 대부분의 아이들이 그를 맏형처럼 생각했다.

나도 S 선배를 좋아해서, 업무 중 여유가 생기면 그가 작업하는 자동반 기계 앞에서 같이 수다를 떨었다. 형은 산업기능요원 끝나면 바로 그만두실 거예요? 어, 회사에서는 더 다녀달라고 하는데 솔직히 잘 모르겠다. 다른 일 생각해놓으신 거 있으세요? 친구가 카센터에서 일하고 있는데, 거기로 옮겨갈까 싶네. 예전부터 같이 일하는 사람이 좀 적으면 좋겠다고 생각했거든. 회사는 너무 큰 조직이라서 일에만 신경 쓰기도 힘들고, 이래저래 부딪히는 것도 많으니까.

S 선배는 그런 생각을 하고 있었구나. 나는 평소에 그가 해주었던 이야기들을 떠올려 보았다. 회사에서는 열심히 일하고 싶어도 그게 오히려 손해가 될 때가 많다고 했다. 자동반 팀원들의 호흡을 열심히 맞춰도 생산부 변덕에 따라 수시로 사원이 바뀐다고. 한 번은 다른 부서 사정에 맞춰 작업량을 늘려주었는데, 지금까지는 왜 이만큼 수량이 안 나왔냐며 타박을 받았다고 했다. 사회생활이니까 별수 없지. S 선배는 힘 빠지는 시늉을 하며 웃었다.

약속 시각에 맞춰 나가니 몇몇 나이 많은 선배들이 보이지 않았다. 다 모이는 거 아니었어요? T 형이랑 다른 사람들은 근처에 있다가 나중에 온데. 아, T 형도 와요?

T 형은 기숙사 가장 끝 방에서 혼자 지내는 자재과 직원이었다. 현장 부서는 아니라 자주 마주칠 일은 없었지만, 스물아홉이라는 나이에 비해 무척 동안으로 보이는 얼굴이 기억에 남았다. 어쩌면 평소 말투와 행동에 가벼운 구석이 많아 그럴지도 몰랐다.

T 형 이번에 결혼하면 기숙사 나간다 해서 불렀는데, 혹시 불편하나? 아뇨 아뇨, 전혀 그런 거 없어요. S 선배는 그러냐며 고개를 끄덕이고는 슬슬 움직이자고 했다. 우리는 근처 고깃집에 들어가 생삼겹살과 맥주를 시켰다. 달궈진 불판에서 돼지고기가 자글거리며 익어가고, 회사 밖에서 아는 얼굴들과 함께 있으니 금세 흥이 돋았다. 가끔은 이런 것도 괜찮네. 나는 새삼 자리를 만들려 애쓴 S 선배에게 고마운 기분이 들었다.

모두가 식사를 마무리할 때 즈음 S 선배의 휴대전화가 울렸다. T 형과 몇몇 다른 선배들에게서 온 연락이었다. 네, 금방 일어날 것 같아요. 아, 그러면 거기서 보시죠. 고깃집에서 계산을 마치고 S 선배를 따라 술집에 들어서니, 먼저 도착한 T 형 일행이 자리를 잡고 있었다. 다들 앞선 약속에서 기분이 좋았는지 꽤나 취해 있었다. 마! 왜 이렇게 늦었어! 죄송합니다, 행님! T 형과 S 선배의 과장된 대화에 우리는 함께 웃었다.

기분 좋게 의자에 앉았지만, 두 번째 술자리는 고 깃집에서보다 눈에 띄게 처진 분위기였다. 시끄럽게 울려대는 음악에 서로의 목소리가 잘 들리지 않았고, 가까운 아이들끼리 이야기를 하고 있으면 금방 T 형의 고함이 들렸다. 마! 형들 있는데 너네끼리 숨어서 무슨 얘기를 하고 있어! 수시로 말이 끊기니, 안주 먹을 때를 제외하면 누구도 입을 열지 않았다. T 형과 나이 많은 선배들이 주로 내뱉는 자극적인 농담이 테이블 위로 오갈 뿐이었다.

다들 지루함을 숨기지 못하고 각자 휴대폰을 확인하고 있을 무렵, 문제가 생겼다. 형, 큰일 났어요. 화장실에 갔던 후배 한 명이 다급한 표정으로 돌아왔다. 왜, 무슨 일인데? S 선배는 가장 먼저 자리에서 일어났다. 이야기를 들어보니, 같이 화장실에 갔던 후배가 술에 취해 잠이 든 모양이었다. 하필이면 안에서 문을 잠그고 말이다.

와, 금마 문제 있네! T 형의 감탄사를 시작으로 조용했던 테이블이 시장통처럼 변했다. 웃는 소리, 걱정하는 소리, 한숨 소리, 이런저런 제안을 하는 소리, 온갖 소리가 섞여 정신이 없었다. S 선배는 그 와중에 혼자 침착함을 유지했다. 직원에게 사정을 이야기하고, 다른 사람들은 밖에서 기다리게 했다. 태준아, 누구든 술 취한 모습 보이는 거 싫을 테니까, 먼저 계산하고 애들이랑 나가 있을래? 내가 챙겨서 데리고 갈게.

나는 S 선배 말대로 아이들을 데리고 밖으로 나갔다. 그런데 T 형이 유독 움직이질 않았다. 그는 화장실 앞에서 기대서 S 선배가 후배를 부축하는 모습을 재미있다는 듯 바라보고 있었다. 내버려 두어도 상관없었지만, 잠이 든 후배에게 그가 괜한 말을 할까 걱정이 됐다. 형, 저희는 나가서 기다리죠. 왜? 술 취한 거 남이 보는 거 안 좋잖아요. 내가 남이가? 네? 내가 남이냐고 이 개새끼야?!

나는 이것보다 상황을 더 잘 설명할 자신이 없다. T 형이 왜 갑자기 화가 났는지, 왜 내 멱살을 잡고 술집에서 난동을 부렸는지, 왜 30분이 넘게 개새끼니 시발놈이니 하는 욕을 하고 싶었는지, 당연히 나는 알 길이 없다. 그 순간에 기억에 남는 거라곤, 온몸으로 T 형을 막으며 나를 바라보는 S 선배의 간절한 눈빛뿐이었다. 제발 태준아, 한 번만 참아주라. 내가 이렇게 부탁할게. 그는 소리 없이 호소했다.

어디 가노, 시발놈아! 일로 안 오나?! 등 뒤에서는 한참이나 욕지거리가 들렸다. 나는 빠른 걸음으로 시내를 벗어나 택시를 잡았다. 그리고 집 근처 편의점에서 담배를 샀다. 새벽이었고, 불을 붙이는 손이 떨렸다. 한겨울의 추위 때문은 아니었다. 그보다는 마음속 무언가가 훼손되었다는 느낌이었다. 부서지고 깨져서 눈에 띄는 결함이 생긴 것 같았다. 손의 떨림이 멈출 때까지, 나는 앉은 자리에서 몇 개비나 줄 담배를 태웠다.

그날 밤 사건은 T 형뿐만 아니라, S 선배와 나의 관계도 미묘하게 바꾸어 놓았다. S 선배는 다음 날 아침 일찍 연락해서, 나에게 먼저 사과하라고 했다. 네가 잘못한 건 없지만 그게 편하다고. 좋은 게 좋은 일이라고. T 형도 곧 결혼해서 기숙사 나가니까 자기 얼굴 봐서 한 번만 그렇게 해달라고 했다. 나는 뭐라 따지려다, 한숨을 쉬고 알았다고 했다. 목 언저리의 상처가 유난히 쓰렸다.

T 형은 내가 보낸 사과 문자에 답장을 하지 않았다. 출근해서도 나와 마주치는 걸 피하다 예정보다 빨리 기

숙사에서 나갔다. 달라진 건 그게 전부였다. 회사에서는 우리가 겪은 일에 대해 알아챈 낌새도, 관심도 없었다. 윗사람에게 이야기한다고 해도 아무것도 바뀌지 않았을 것이다. 다만 그 후로 나는 업무 중 여유가 생겨도 S 선배와 수다를 떨러 가지 않았다. 달라진 건, 그게 전부였다.

회사를 그만두기 바로 전날 S 선배는 우리 방으로 찾아왔다. 손에는 캔 맥주와 편의점 순대나 떡볶이 같은 안주가 들려 있었다. 난 내일 간다! 고생하셨어요. 수고하셨습니다! 나와 K는 그에게 음식을 받아 포장지를 벗겼다. 우리는 바닥에 자리를 잡고 맥주를 마셨다. S 선배는 말을 아끼다, 나에게 미안하다고 했다.

예전에 그런 적이 있었거든? 생산부 대리님이랑 친하니까 평소에 장난도 자주 쳤단 말이야. 그런데 어느 날 퇴근할 때 농담 한 번 했는데, 갑자기 손찌검을 하는 거야. 주먹으로. 너무 어이가 없는데, 그냥 이 사람 지금 기분이 나쁘구나 싶어서 바로 사과했어. 그 뒤로는 다시 분위기가 좋아지니까, 참길 잘했구나, 역시 좋은 게 좋은 거구나, 그렇게 생각했던 거 같아. S 선배는 고개를 숙인 채 맥주 캔을 꼭 붙잡고 있었다. 차가울 텐데. 찌그러진 부분에 혹시라도 손이 베이진 않을까. 그러면 시리고 아프지 않을까.

근데 아니잖아. 사과는 내가 받아야 하는 거잖아. 나도 답답했는데, 억울했는데, 너한테 그러면 안 됐는데. 그 새끼 또라이다, 태준이 너는 잘못 없다, 내일 당당하게 출근하고 뭐하고 하면 내가 도와줄게, 그렇게 말해야 했는데. 불편하니까, 빨리 해결하고 싶으니까, 그게 편하니까, 그런 식으로 생각하면 안 되는 거였는데. 미안하다, 진짜 미안하다.

나는 차마 괜찮다는 말도 하지 못한 채 말없이 앉아 있었다. 이렇게 따뜻한 마음을 가진 사람이 왜 모욕감을 느껴야 하는 걸까. 참고 당하며 함부로 다루어지다, 다른 누군가를 함부로 대했다는 사실에 괴로워해야 하는 걸까. 그게 대체 누구에게 좋은 일인 걸까. 목 언저리에 쓰린 통증이 느껴졌다. 상처는 분명 다 나았을 텐데, 이상하다 생각하면서도 나는 자신의 어디가 아픈 건지 어렴풋하게 이해할 수 있었다.

마음의 일교차를 줄이는 방법

혹시라도 앞선 이들의 경험이, 각자가 지나왔던 기억이,
누군가의 온기를 지키는 담요가 되어줄 수는 없을까.
상대방에 대한 배려와 약간의 무심함,
그리고 현명한 판단력이 있다면 가능할 것 같았다.

작은형이 차 사고를 냈다. 가족이 다 함께 고성에 있는 친척 집에 다녀오는 길이었는데, 골목으로 진입하는 중 정차되어 있던 트럭을 받아버린 것이다. 사고 자체는 경미했지만 하필이면 내리막으로 접어드는 길이었고, 트럭이 충격으로 앞에 주차되어 있던 차까지 밀려가는 바람에 이중 추돌 사고가 되어 버렸다.

아버지가 가장 먼저 차에서 내려 사고 차량 주인에게 연락을 했다. 그 사이 어머니는 파손 부위를 살펴보며 보험사에 전화를 걸었다. 사람들이 오가며 문제가 정리되는 동안, 작은형은 핸들에 손을 올려둔 채 그 모습을 바라보고 있었다. 뒷자리에서는 그가 어떤 표정을 짓고 있는지 잘 보이지 않았다.

고속도로에서는 잘 가더니 집에 다 와서 사고가 나네. 사람 안 다쳤으니 됐죠. 그래, 상대방 차도 멀쩡하더라. 첫 사고는 크게 나는 편이라던데 이 정도면 다행이에요. 아버지는 액땜치고는 작게 한 편이라며 웃었고, 어머니는 우리 차가 제일 많이 망가졌다며 웃었다. 심각한 일은 없다는 듯, 무척이나 평화로운 공기가 차 안에 감돌았다. 집으로 돌아온 작은형은 피곤했는지 곧바로 잠이 들었다.

아마도 사고 난 순간 작은형은 무척 긴장했을 것이다. 집에 거의 도착해서 일어난 사고 때문에 짜증도 나고, 멈춰 있는 차와 부딪힌 것에 대해 자책도 들지 않았을까. 혼자 있었다면 그런 감정의 기복이 커져 다른 실수나 추가적인 사고가 일어났을지도 몰랐다. 하지만 교통사고에 익숙한 부모님이 곁에 있었기에, 그날의 기억은 웃어넘길 만한 '작은 헤프닝'으로 마무리될 수 있었다.

그러고 보니 회사를 다닐 때도 비슷한 일이 있었다. 봄이 다가왔지만 아직 해가 지면 쌀쌀한 바람이 불던 날이었다. 스무 명 정도가 함께 생활하던 회사 기숙사는 일주일에 한 번, 퇴근 후 대청소를 했다. 샤워실이나 화장실 등 함께 사용하는 공간이 있었기에 주기적으로 관리를 하지 않으면 금세 엉망이 됐다.

무엇보다 청소 날에 가장 해야 할 건 쓰레기를 버리는 일이었다. 사무동 3층에 위치한 회사 기숙사는 복도 너머로 넓은 마당이 있었다. 그곳에 자루를 두어 쓰레기를 모아두도록 했는데, 일주일 치를 모으면 그 양이 상당했다. 사람 손으로 일일이 분리수거장까지 옮긴다면 한참이 걸릴 일이었다. 그래서 청소 날에는 공장에서 지게차를 꺼내 한 번에 쓰레기를 내다 버렸다. 예전부터 그래 왔기에 회사에서도 지게차 사용에 대해 문제 삼은 적은 없었다.

그날도 평소처럼 쓰레기를 모아두고 지게차가 오기를 기다리는 중이었다. 그런데 1층에서 쾅, 하고 둔탁한 충격음 같은 게 들렸다. 지게차 들이받은 거 아니야? 근처에 있던 U 선배가 과장된 동작으로 너스레를 떨었다. 그때는 정말로 무슨 일이 있을 거라 생각하지 않았다. 지게차를 세워두는 주차장은 무척 넓었고, 퇴근 시간 이후에는 야간작업을 하는 반장님 차만 덩그러니 놓여 있을 뿐이었다.

하지만 한참을 기다려도 지게차를 가지러 갔던 후배들이 올라오지 않았다. 장난을 주고받던 나와 U 선배도 묘한 불안감이 들기 시작했다. 진짜 뭔 일 생겼나? 내려가 볼까요? 아 제발, 별일 없겠지 진짜. 설마 하는 마음으로 1층으로 향하던 우리는 때마침 마주 올라오던 후배들과 마주쳤다.

왜 이렇게 늦었어? 내가 묻자 후배 중 한 명이 우물거리며 대답했다. 어, 그게, 형…… 지게차 사고 났어요……. 벽에 부딪혔어? 아니요 반장님 차에……. 나는 입을 벌린 채 한껏 일그러진 표정을 지었다. 하필이면 진짜 반장님 차에 사고를 내다니! 재빨리 U 선배의 표정을 살폈지만, 그는 오히려 담담하게 이야기를 듣고 있었다. 그 모습에 괜히 머쓱한 기분이 든 나는 후배에게 상황을 더 자세하게 말해보라고 했다.

사고를 낸 사람은 입사한 지 3개월이 채 안 된 신입생 D였다. 그는 저번 주에 다른 선배에게 배웠다며 지게차 운전석에 앉았다고 했다. 동기들이 걱정되어 말렸지만 괜찮다며 시동을 걸었다. 가벼운 마음만큼 엑셀을 누르는 발도 가벼웠고, 후진 방향을 헷갈리는 바람에 지게차는 예상과는 반대 방향으로 움직였으며, 브레이크를 밟을 틈도 없이 그대로 반장님의 승용차를 들이받고 말았다.

나와 U 선배도 당황하긴 했지만, 후배들은 어떻게 해야 할지 전혀 갈피를 잡지 못하는 눈치였다. 반장님한테는 말씀드렸어? U 선배가 먼저 입을 열었다. D가 직접 말하러 갔어요. 잘했어. 그러면 더 이야기하지 말고 청소부터 마무리하자. 그냥 작은 접촉사고지 뭐. 하다 보면 실수할 수도 있는 거고, 반장님이랑 잘 해결하면 되는 문제니까 괜히 더 물어봐서 D 괴롭히지 말고, 알았지?

U 선배가 말을 마치자 신기하게도, 붕 떠 있던 주변의 분위기가 가라앉았다. 후배들의 얼굴에는 아직 불안한 기색이 남아있긴 했지만 이전처럼 심각하진 않았다. 우리는 각자 자루를 하나씩 들어 쓰레기를 분리수거장으로 옮기고, 새 자루를 마당에 걸고, 공동 시설의 청소 상태를 확인했다. 평소와 다름없었다. D의 사고는 그저 회사 생활 중 일어난 '작은 헤프닝'일 뿐이었다.

샤워를 마치고 돌아오니 나갈 준비를 하고 있는 U 선배가 보였다. 편의점에 좀 다녀오려고. 마침 저도 사야할 게 있는데 같이 가죠. 그는 고개를 끄덕이며 복도에서 기다리겠다고 했다. 나는 방으로 들어가 외투를 챙겨 나왔다. 최근에는 일교차가 컸다. 햇살이 비치면 따스한 봄기운을 느낄 수 있었지만, 저녁이 되면 곳곳에 머물러 있는 겨울의 흔적을 발견할 수 있었다. 다른 온기로 불어오는 바람은 계절이 변하고 있다는 신호였다.

D는 맥주 좋아하나? 네? 아니, 그냥. U 선배는 사뭇 진지한 표정으로 편의점 메뉴를 골랐다. D 때문에 나온 거에요? 저런 일이 있으면 많이 놀라니까, 나도 예전에 그랬거든. 그의 말에 의아한 생각이 들다, 문득 작년 이맘

때의 기억이 떠올랐다. 아, 그거 말이구나. U 선배도 지게 차로 기계와 접촉하는 사고를 낸 적이 있었던 것이다.

그때 주변에서 하도 뭐라 하니까 숨이 다 막히더라. 정신이 하나도 없고, 나는 D가 그럴까 봐 걱정이 되더라고. 사실 당사자가 제일 놀랐을 텐데, 주변에서 설레발쳐서 좋을 게 없다이가. 그냥 빨리 정리할 거 정리하고 챙길 거 챙겨줘야 진정이 되지. 사람을 몰아세우기만 하면 더 위축되고 더 실수하고, 그러다 보면 진짜 큰 사고가 나는 거니까.

샌드위치와 햄버거 사이에서 고민하던 U 선배는 결국 둘 다 구매하기로 한 모양이었다. 그동안 나는 냉장고에서 캔 맥주를 4개 꺼내 계산대로 향했다. 이건 제가 살게요. 어? 안 그래도 되는데. 저도 선배 역할에 숟가락 하나 올리는 거죠 뭐. 맘대로 해라. 체념하듯 말하며 그는 과자 몇 개를 더 챙겨 왔다.

돌아오는 길, 나는 흔히 이야기하는 '실수는 마음가짐의 문제다'라는 말에 대해 생각해보았다. 틀린 말은 아닐 것이다. D도 가벼운 생각 때문에 사고를 냈으니까. 하지만 동시에 실수가 마음의 문제라면, 안전은 사람을 보살피는 일에서 시작되는 게 아닐까 하는 생각이 들었다. 놀라서, 당황해서, 자신도 모르는 새에 커져 버린 감정의 기복은 마음을 쉽게 아프게 한다. 마치 감기에 걸린 것처럼, 마음을 춥고 외롭게 한다.

마음의 일교차를 줄이는 방법은 없을까. 그저 시간이 지나 원래의 상태로 돌아오기를 기다리는 것뿐일까. 혹시라도 앞선 이들의 경험이, 각자가 지나왔던 기억이, 누군가의 온기를 지키는 담요가 되어줄 수는 없을까. 상대방에 대한 배려와 약간의 무심함, 그리고 현명한 판단력이 있다면 가능할 것 같았다. 지금의 나에게는 무엇 하나 갖춰져 있지 않았지만.

그나저나 반장님은 뭐라고 했으려나. U 선배가 사뭇 진지한 표정을 지었다. 좀 어이없어하지 않았을까요? 의외로 화는 안 냈을 것 같은데. 제 생각에는 겁나 뭐라 했을 것 같은데요. 그런가, D한테 한 번 물어볼까. 아까는 괜한 이야기하지 말라고 했으면서요? 아, 맞네. 본인이 말하면 들어주죠. 그러자. 불어오는 바람에 캔 맥주를 잡은 두 손이 시렸다. 하지만 차가운 금속의 감촉 사이로 퍼져가는 희미한 온기를, 나는 분명히 느낄 수 있었다.

삶이 흘러들어온다

여름이 온다면 흩어지듯 내리는 봄비가,
새로이 햇살을 원하는 푸른 잎이,
멀리서 불어오는 젖은 바람이 지나는 통로가 되어
여름을 맞이할 것이다.

카페에서 글을 쓰고 있는데, 창밖으로 봄비가 내리기 시작했다. 천천히 떨어지는 빗방울은 거리 속으로 섞여 들어 금방 하나의 풍경을 이룬다. 비가 그치면 조금 더 더워질 것이다. 바람은 물기를 머금고, 오후의 햇살은 다가오는 여름을 실감 나게 할 것이다. 봄비는 그렇게 하나의 시기를, 하나의 그림처럼 바꿔가며 거리의 풍경을 변화시킨다.

회사를 그만두던 날에도 비가 내렸다. 공단의 가로수는 새로운 계절을 맞이하기 위해 연분홍 꽃잎을 떨어트렸고, 새잎이 돋아나듯 비어있는 시간 사이로 또 다른 일상이 침입해 들어왔다. 하지만 빠르게 변화하는 환경과 달리 감정은 점점 더 느긋한 속도로 가라앉고는 했다. 아주 오래된 기억인 것 같은데, 이제 겨우 1년이 지나갔을 뿐이다.

산업기능요원으로 근무한 나는 전역과 퇴사를 동시에 할 수 있었다, 그래서인지 주변에서 유독 많은 축하를 받았는데, 왠지 쉽게 기뻐할 수가 없어 어색한 미소를 짓고는 했다. 다짐이나 각오나 아쉬움이나 환희 등을 말하는 수많은 '퇴사' 이야기와는 달리, 나의 '퇴사'는 아무런 감정의 변화가 없었다. 마치 시간이 지나고 계절이 변하는 것처럼, 모든 게 '당연히 일어나야만 하는 일'로 여겨질 뿐이었다.

전에도 비슷한 기분을 느낀 적이 있다. 4주간의 기초 군사훈련을 마치고 훈련소를 나오던 날이었다. 현역 장병이라면 자대 배치 이후에 본격적으로 군 생활이 시작되었지만, 대체복무자들로 이루어진 우리 소대는 한 달만 참으면 다시 사회로 돌아갈 수 있었다. 끝이 있다는 사실 덕분인지 한파가 몰아치는 겨울날 훈련도 그럭저럭 견딜 만했다.

나가자마자 바로 삼겹살에 소주 한잔해야지. 나는 치킨. 모르겠고 여자친구 보고 싶다. 훈련소 한쪽 구석에서는 늘 그런 이야기가 오갔다. 먹고 싶은 음식부터 만나고 싶은 사람까지. 누군가는 겨우 한 달이라고 말할 시간 속에는 각자의 그리움과 기대가 있었다. 그들을 보며 나도 나가서 하고 싶은 것들에 대해 고민해보았는데, 딱히 생각나는 게 없었다. 나가기 전에 다 읽어야겠다며 훈련소에서 읽던 책들을 서둘러 본 게 다였다.

수료식이 끝날 때는 무척 즐거웠다. 짧은 시간이지만 동고동락 하던 이들과 웃으며 인사를 나눴다. 하지만 혼자 집으로 돌아오는 길에 감정은 금세 가라앉았다. 우울해지거나 외로워진 건 아니었다. 그저 모든 게 나에게 영향을 끼치면서도, 한편으로는 나와 무관한 일처럼 느껴졌다. 그날 나는 아무에게도 연락하지도 않고 아무것도 먹지도 않은 채 집으로 돌아와 곧바로 잠이 들었다.

왜 그랬을까. 훈련소를 나올 때도, 회사를 그만둘 때도, 나는 왜 그렇게 아무렇지 않았던 걸까. 몇 편의 글을 써보았지만 자신의 감정을 명확히 설명하는 건 쉽지 않았다. 한 가지 확신할 수 있었던 건, 나는 주변의 변화를 '당연히 일어나야 할 일'로 여기고 있다는 점이었다. 축하할 필요도, 슬퍼할 필요도 없는. 비가 내리고, 공기가 더워지고, 그러면서 당연하게 여름이 오는 것처럼.

한동안 형태 없이 불분명하게 흘러가던 마음에 언어를 부여받은 건, 칼릴 지브란의 『예언자』를 통해서였다. '선택받은 자이며 사랑받은 자'인 예언자 알무스타파가 자신을 본향으로 데리고 갈 배가 다가오는 것을 보고 오르팰리스 성의 사람들에게 전한 마지막 가르침. 삶의 지혜를 묻는 스물여섯 가지 질문에, 알무스타파는 '허기와 갈증에 젖은 심장'으로 대답한다.

'나는 영혼의 길을 발견했다'라고 말하지 말라. 그보다는 이렇게 말하라. '나는 나의 길을 걸어가는 영혼을 만났다'라고. 왜냐하면 영혼은 모든 길을 다 걷기 때문이다. 영혼은 하나의 길만을 걷는 것도 아니고, 또 갈대처럼 자라는 것도 아니다. 영혼은 무한 잎새의 연꽃이 피어나듯이 저 자신을 안다.

— 칼릴 지브란 『예언자』 81p

우리는 자신이 삶을 '살아간다'라고 생각하지만, 사실은 삶이 우리를 통해 세상에 드러나는 것뿐일지도 모른다. 사랑도, 슬픔도, 기쁨도, 하나의 거대한 흐름이며 우리는 그저 삶이 지나가는 통로일 뿐이라는 인식. 자칫 수동적으로 보일 수 있지만 그 말은 다른 의미의 자유를 표현하는 말이었다. 우리는 '나'라는 자아를 다르게 인식하므로 자유로워질 수 있다. 내가 느꼈던 불분명함은 바로 그런 것이었다.

그러니까 나는, 한 번도 변한 적이 없었다. 적어도 회사를 그만두면서 달라진 점은 없었다. 그 전부터 계속해서 책을 읽고, 글을 썼다. 주말이면 어김없이 독서모임을 하고 다양한 활동을 이어갔다. 그러니까 나는, 한 번도 구속된 적이 없었다. 하루에 12시간을 공장에 있으면서도, 새벽에 일어나서 글을 쓰면서도, 세 명이서 지내는 여섯 평 남짓한 기숙사 방안에서도, 나는 누구보다 자유로웠다.

> 낮에 근심이 없고 밤에는 욕망과 슬픔이 없을 때 그대가 진정으로 자유로운 것이 아니다. 그보다는 그 모든 것이 그대의 삶에 휘감겨도 그것들을 벗어 던지고 얽매임 없이 일어설 때 그대는 진정으로 자유롭다.
>
> — 칼릴 지브란 『예언자』70p

물리적인 한계가 나의 영혼을 억압할 수는 없었다. 그보다 더 가혹하고 힘겨운 상황이었다고 하더라도 나는 하고자 하는 일을 했을 것이다. 적어도 그러기 위해 노력했을 것이다. 훈련소에서도 계속해서 책을 읽고, 끊임없이 뭔가를 썼던 것처럼. 사건과 대립하는 자아가 아니라, 사건이 지나가는 통로로써 자신을 인식하는 순간, '나'는 사건으로부터 독립된 진정한 자유를 누릴 수 있었다.

오늘도 삶이 나에게로 흘러들어온다. 봄의 여운처럼 행복하게, 때로는 겨울 냉기처럼 가혹하게. 하지만 어떤 삶 속에서든 나는 변하지 않을 것이다. 여름이 온다면 흩어지듯 내리는 봄비가, 새로이 햇살을 원하는 푸른 잎이, 멀리서 불어오는 젖은 바람이 지나는 통로가 되어 여름을 맞이할 것이다. 그런 태도는 결코 무언가를 손상시키거나 파괴하지 않고, '나'와 '삶'을 온전히 지켜내며 다시 어디론가 흘려보내 줄 것이다.

여름을 기다리며
- 너에게 보내는 편지

누군가 가르쳐주었다면 덜 아플 수 있었을까.
시간이 지나면서 배운 것도 있지만,
절대 좋은 일은 아니었을 거야.
그걸 애써 포장하지 않고 그대로 받아들이는 법도
우리가 배워야 할 일 중 하나일 거야.

잘 지내고 있니. 제대로 인사도 못 했는데 어느새 네가 한국을 떠난 지 한 달이 넘었네. 필리핀은 어때? 주변의 풍경이나, 하늘의 색깔이나, 들이마시는 공기는 어때? 사람들은 어떤 표정으로 웃고, 즐거울 땐 어떤 노래를 부르고 있어? 너는 그곳에서 어떤 생각을 하고 있을까.

어학연수라도 6개월은 제법 긴 시간이니까, 천천히 고민하고 다음을 생각하면 좋겠어. 아직 불확실한 미래도 분명 더 많은 가능성으로 빛날 테니까. 기회가 있다면 자신 있게 손을 뻗어야 해. 불안해하지 말고. 마음 굳게 먹고 행복해지는 거야. 너에게는 그럴만한 자격이 있으니까. 자격뿐만 아니라 능력도, 분명 네 안에 가지고 있으니까.

나에게도 여러 가지 일이 있었어. 회사도 그만두고, 혼자 생활하기 위해 노력하고 있지. 덕분에 이제야 차분하게 너를 그리워할 시간이 생긴 것 같아. 여기는 벚꽃이 떨어지고 본격적인 더위가 찾아오고 있어. 비가 올 때마다 점점 습한 바람이 불어와 주변의 색을 진하게 만드는 기분이야. 가만히 그 모습을 보고 있으면, 우리가 함께 지나왔던 여름이 떠오르기도 해.

유독 기억에 남는 장면이 있네. 전면 유리로 되어 있는 카페 창문 너머로, 투명하게 쏟아지던 햇살. 우리는 스물이었고, 또 하나의 여름을 넘어가고 있었어. 아이스 커피가 담긴 잔에 물방울이 맺히고, 중력을 이기지 못해 떨어져 테이블에 생긴 자국이 점차 마를 때까지, 나는 몇 시간이나 멍하니 창문 밖 거리를 바라보고는 했지. 그것 밖에 할 수 있는 일이 없었거든.

생각해보면 웃기는 일이지? 학교에 있을 때는 그렇 게나 해야 할 일들이 가득했는데, 어른이 되자마자 모든 게 텅 비어버린 거야. 누구도 우리가 뭘 해야 하는지, 뭘 더 할 수 있는지 알려주지 않았잖아. 마치 세상이 우리를 잊어버린 것만 같았지. 아니면 이렇게 말하고 싶었는지 도 모르겠네. 너희가 할 수 있는 선택은 끝났어. 이제 아 무 생각하지 말고 그냥 살아, 라고.

나는 묻고 싶었어. 다들 이런 시간을 어떻게 견디는 걸까? 정말로 그냥 사는 걸까? 삶은 계속 이어지는데, 생 각은 뚝 하고 끊어져 우리를 황당하게 했어. 더 이상 들 어야 하는 수업도, 해야만 하는 숙제도. 동아리도, 학생 회도, 직접 만들기도 했던 토론회도 없었지. 대신 일이 있었어. 땀 흘려 일하고 대가를 받는 노동이 있었지. 그게 싫지 않았는데, 그것만 해도 괜찮은지에 대한 확신은 없었어. 가만히 있으면 세상이 우리를 게으름뱅이 취급하는 것 같았지.

그래서 방송대학교 원서를 넣고, 일본어 학원을 등록하고, 독서모임을 가고, 혼자 새벽까지 책을 읽다가, 결국에는 다시 글을 쓰게 됐어. 하지만 그건 시간이 조금 더 지난 뒤의 이야기니까. 스무 살 여름에는 멍하니 있는 것밖에 할 게 없었지. 혼자 있는 게 적적해서 매번 너를 불렀어. 그러면 너는, 소중한 주말 오후를 희생해서 그 여름의 풍경을 더해주었어.

언젠가 미안하다고 했던 말, 기억나? 그래서는 안 됐다고. 자신의 불안이나 걱정 때문에 너의 시간을 빼앗고, 함부로 대해서는 안 되었다고. 너는 자신도 느긋하게 있을 수 있어 좋았다며 웃었지만, 사실은 훨씬 더 힘든 상황에서 나를 지켜주었던 거였어. 그 여름을 가로지르며 너는, 분명 나를 구했어.

나는 왜 그러지 못했을까. 시간이 지날수록 너는 회사의 무리한 요구 때문에 힘들어했어. 선임 작업자가 그만두자 곧바로 금형 기계를 전담하게 되어서 부담스럽다

고 했지. 아침에 일을 시작해서 새벽에 퇴근하기도 한다
고. 월급 명세서를 받았을 때 잔업이 200시간이 찍혀있
었다면서, 최저임금으로 월급을 300만 원 가까이 받는다
고 농담처럼 말했지. 하지만 표정은 밝지 않았어. 네가
버텨낸 삶이 농담일 리 없었으니까.

　나는 그만두라고 말했지. 충분히 다른 회사로 옮길
수 있을 거라고. 너는 어디를 가도 환영받을 만한 사람이
라고. 하지만 선뜻 결정을 내릴 수 없었어. 우리는 일반
노동자가 아니었으니까. 군 복무를 대신해서 중소기업
에 근무하는 산업기능요원이었으니까. 회사에서 그렇게
무리한 요구를 할 수 있는 것도 퇴사나 이직이 쉽지 않다
는 걸 알고 있기 때문이었으니까.

　날씨가 추워지면서 너를 만나는 일이 점점 쉽지 않
아졌어. 너는 주말에도 일을 하고, 휴일이 불규칙하게 변
했지. 가끔 연락이 닿아도 집에서 나오기 싫어했어. 충
분히 쉬지 않으면 회사에서 버티기 힘들 테니까. 주변의
상황이 보이지 않는 사슬처럼 너를 묶어두고 있는 것 같
았어.

　다른 회사에 면접까지 봤지만 결국 무산됐다고 했

지. 산업기능요원 이직에 필요한 서류나 절차를 부담스러워했다고. 네가 직접 알아보고 괜찮다고 했지만 결국 연락이 오지 않았다고. 그런 일들이 반복되자 점차 힘을 잃어갔어. 연말에 겨우 시간을 내서 우리가 만났을 때, 너는 분명 지쳐있었지.

가족에게 이야기했더니 그 정도는 버티라고, 다들 그렇게 산다는 말을 들었다며 한숨을 쉬었어. 그리고 나에게 물었지. 정말 다들 이렇게 사는 걸까? 버티지 못하면 살아갈 수 없는 걸까? 나는 아무 말도 할 수 없었어. 섬뜩한 기분이었지. 회사를 옮겨도, 시간이 지나도, 이 세상 어디를 가도 괴로움은 끝나지 않을 거라는 불길한 예언이 우리를 끊임없이 따라다니고 있었던 거야.

너의 표정이 밝아진 건 겨울이 끝날 무렵이었지. 그리고 신기한 우연이 겹쳐서, 너는 내가 다니던 회사로 오게 되었어. 신입사원을 뽑는다는 소식에 인사과 과장님에게 네 이야기를 했지. 사실 나도 별 기대는 안 했는데, 생각보다 반응이 긍정적이었어. 자소서랑 이력서를 받아보고 금세 면접까지 봤지. 그리고 어이없을 정도로 간단하게 이직이 결정됐어.

너는 나에게 고맙다고 말했지만, 그렇지 않아. 너를 구한 건 언제나 너 자신이었어. 퇴근 후 졸음을 참으면서 회사를 알아본 것도, 불안한 마음으로 병무청에 몇 번이나 전화한 것도, 연차를 쓰고 면접을 보러 다닌 것도, 그리고 다음 날 다시 일어나 출근했던 것도, 전부 너였어. 나는 너를 둘러싼 우연 중 하나였을 뿐, 자신을 희생해서 누군가를 구하지 못했어.

여전히 나에게는 죄책감이 남아. 너는 얼마든지 더 큰일을 당할 수도 있었어. 몸과 마음은 지쳐있었고, 업무의 강도는 견디기 힘들 정도로 무거웠지. 그에 비해 나는 너무 쉽게 말하고, 무엇하나 자신의 것을 내어주지 않았어. 네가 가혹한 겨울을 홀로 걸어가는 걸 바라볼 뿐이었지. 그 여름의 반짝임 중 어느 것도 너에게 되돌려주지 못했던 거야.

나는 가끔, 우리가 지나온 시간이라는 게 일반적이지 않았다는 생각이 들어. 뭐랄까. 겪지 않아도 될 일을 너무 많이 겪은 것 같아. 누군가 가르쳐주었다면 덜 아플 수 있었을까. 시간이 지나면서 배운 것도 있지만, 절대 좋은 일은 아니었을 거야. 그걸 애써 포장하지 않고 그대로 받아들이는 법도 우리가 배워야 할 일 중 하나일 거야.

이 편지가 끝나면 여름이 한 걸음 더 다가오겠지. 카페에서 몇 시간이나 멍하니 앉아있던 그때처럼. 우리는 얼마나 변했을까. 조금은 현명한 사람이 됐을까. 옳은 방향으로 걸었을까. 어쩌면 하나도 변하지 않은 건지도 몰라. 여전히 텅 비어버린 기분으로, 아무것도 하지 못한 채 시간만 보내버린 것인지도 몰라.

그래도 말이야, 꿋꿋하게 걷다 보면 분명 투명하고 밝은 햇살에 닿을 수 있을 거야. 겨울에 머물러 있는 저 불길한 예언도 우리의 발목을 잡지 못할 거야. 혹시라도 혼자라는 생각이 들면, 그때는 내가 반짝임을 전해줄게. 필리핀이든 어디든 상관없으니까, 반드시 손을 내밀어줄게. 먼 곳에 있어도 같은 시간을 살아가고 있어. 그 사실을 잊지 않고 지내주길 바라.

못다 한 이야기가 많은데, 나머지는 만나는 날을 위해 남겨두려 해. 그동안 각자가 해야 할 일을 잘 해낼 수 있기를. 언제나 건강하게, 웃으며 하루를 살아갈 수 있기를. 나도 부끄럽지 않도록 노력할게. 한국에 오면 연락해줘. 그럼 이만, 안녕.

2020. 6. 19. 여름을 기다리며, 허태준 씀

물거품의 가능성

어쩌면 모든 사랑에는 마법이 필요할지도 모르겠다.
서로 다른 삶을 살아온 개개인 사이에는
바다와 육지의 거리만큼, 사람과 물고기의 차이만큼
극복하기 힘든 어려움이 있을 것이다.
그리고 그 많은 어려움에도 불구하고,
한 번 더 서로를 만나기 위해 달려갈 것이다.

생일 축하드립니다! 특별할 것 없던 생일날 커피 기프티콘과 함께 메시지가 왔다. 전에 다니던 회사에서 친하게 지내던 후배 Y의 연락이었다. 그는 자주 연락을 하지 못해 죄송하다며 휴대전화 화면 가득 눈물 표시를 만들었다. 평소 얼굴을 찡그리며 익살스러운 장난을 치던 Y의 표정이 생각났다. 나는 웃으며 오히려 더 잘 챙겨주지 못해 미안하다고 답장을 보냈다.

행님, 저 좋은 소식이 있는데 한번 들어보실래요? 서로 간단하게 근황을 주고받던 중 Y가 물었다. 무슨 일인데 뜸을 들이나 싶어 의아했지만, 좋은 소식이라니 걱정할 필요는 없을 것 같았다. 내가 꼭 듣고 싶다고 하자 그는 종이 카드가 찍힌 사진 한 장을 보냈다. 그리고 놀랄 만한 이야기를 들려주었다.

저 장가갑니다! 동갑내기 신랑·신부가 오직 사랑만으로 결혼합니다. 남들이 걱정하는 시선은 제가 보여드리면서 고쳐 나가려고요. 모바일 청첩장이 늦게 나와 두서없이 소식을 전하게 됐다는 Y에게 나는 손사래라도 치고 싶었다. 그리고 그의 마음속에 남아있을 걱정에 대해서도 괜찮다고 말해주고 싶었다.

사랑에 적절한 시기라는 게 존재할까? 그런 고민을 하기 시작한 건 〈벼랑 위의 포뇨〉를 본 후였던 것 같다. 스물세 살, 지금의 Y와 같은 나이에 나도 연애를 했다. 아직 산업기능요원 복무가 끝나지 않아 공장에 출근하고 있었고, 사귀던 사람은 서울에 있는 대학에서 공부했기 때문에 자주 만날 수 없었다. 그래도 조금이라도 한가한 주말이 생기면 곧장 서울로 향하는 기차나 버스에 올랐다.

평일에 일을 하는 데다 긴 시간 이동하는 나를 배려해서, 우리의 데이트는 대부분 실내에서 이루어졌다. 매일 전화를 해도 얼굴을 마주하면 금세 하고 싶은 이야기가 생겼다. 한참을 웃고 걱정거리를 나누기도 하면서 온종일 떠들다, 지칠 때는 서로가 좋아하는 영화를 한 편씩 봤다. 지브리 스튜디오에서 제작한 애니메이션 〈벼랑 위의 포뇨〉도 함께 보았던 영화 중 하나였다.

"포뇨! 소스케가 좋아!"

호기심 많은 작은 인어 '브륀힐트'는 아버지 후지모토의 눈을 피해 해파리를 타고 수면 위로 올라간다. 하지만 인간이 사는 마을에 가까워질수록 바다에는 쓰레기가 쌓이고, 브륀힐트는 버려진 유리병에 몸이 끼어 움직일 수 없는 상황에 놓이게 된다. 그렇게 탈진한 채로 정신을 잃어버린 그녀를, 우연히 바닷가로 내려간 다섯 살 소년 '소스케'가 발견한다.

소스케는 죽은 줄 알았던 브륀힐트가 점차 기운을 차리는 모습을 보며 기뻐하고, 그녀에게 '포뇨'라는 새로운 이름을 지어준다. 그리고 앞으로는 자신이 포뇨를 지켜주겠다고 약속한다. 사랑은 지금까지의 자신을 전혀 다른 존재로 인식하게 한다. 당신을 만난 순간 나는 더 이상 브륀힐트가 아니다. 당신의 시선과 함께하는 시간으로 기억되는 존재, 포뇨가 된다.

"있잖아, 소스케. 이 세상엔 운명이란 게 있는데, 아무리 괴로워도 운명은 바꿀 수 없어. 물고기는 원래 바다에서 살아야 하잖아. 그래서 포뇨는 바다로 돌아갔을 거야."

서로에 대해 천천히 알아갈 수 있다면 좋을 텐데, 둘에게 그만한 시간은 허락되지 않는다. 딸을 찾으러 온 후지모토에 의해 포뇨는 다시 바다로 돌아가게 된다. 지켜준다는 약속이 무색하게 포뇨를 보내버린 소스케는 울음을 터트리지만, 결국 어머니를 따라 집으로 돌아갈 수밖에 없다. 물고기는 바다에서, 사람은 육지에서 살아야 한다. 아무리 괴로워도 운명은 바꿀 수 없다.

하지만 때로는 사랑이 그것을 가능하게 한다. 포뇨는 소스케를 만나고 싶다고 말한다. 자유자재로 움직일 수 있는 팔이, 육지를 걸을 수 있는 다리가 있기를 바란다. 소스케와 같은 인간이 되기를 바란다. 포뇨는 마법을 사용해 어항을 탈출하고, 그 과정에서 후지모토가 모아둔 마법 약을 이용해 인간의 모습으로 변한다. 포뇨의 모든 바람은 하나의 소원으로 이어진다. 다시 한번, 당신을 만나고 싶다.

나에게도 마법 약이 있다면 좋았겠지만, 아쉽게도 그럴 수는 없었다. 서울에서 주말을 보내고 부산으로 돌아갈 때면 온몸에 피로가 쌓였다. 어두운 도로를 달리는 시외버스는 해저 깊은 곳을 가로지르는 잠수함 같았다. 어쩌면 당신과 나 사이의 거리는 육지와 바다만큼이나 멀리 떨어져 있는 게 아닐까. 그런 생각이 들면 감정이 점점 아래로 가라앉았다.

돌이켜보면 단순히 거리뿐만이 아니었다. 우리의 생활은 하나부터 열까지 너무나 달랐다. 공장에서 기계를 만지던 나와 대학에서 행정학을 공부하던 당신은, 마치 전혀 다른 세상에서 살아가는 것만 같았다. 나도 서울에 있었다면 좋았을 텐데. 대학에 다녔다면 좋았을 텐데. 나도, 당신과 같은 모습이었다면 좋았을 텐데. 물론 소원을 이루어줄 마법은 없었으므로, 나는 조금의 피로라도 풀기 위해 눈을 감고 흔들리는 좌석에 머리를 기댔다.

"포뇨를 인간으로 만들면 되잖아요. 오래된 마법…… 소스케의 마음이 변하지 않으면 포뇨는 인간이 돼서 마법을 잃을 거예요."

인간이 된 포뇨는 육지로 올라가 소스케와 재회하는 데 성공한다. 하지만 마법 약이 바다에 퍼지며 세계에 큰 위기가 오게 되고, 후지모토는 이를 해결하기 위해 포뇨의 어머니 그랑 맘마레의 도움을 받기로 한다. 그녀는 오래된 마법으로 포뇨를 진짜 인간으로 만들자는 제안을 하지만, 후지모토는 사랑이 실패하면 물거품이 되어버린다는 사실 때문에 이를 반대한다.

필사적으로 방법을 찾아보아도 마땅한 대안 없이 시간만 흘러간다. 시기를 놓치면 세계를 원래대로 되돌릴 수 없을지도 모른다. 결국 그랑 맘마레의 제안을 받아들인 후지모토는 그녀 앞으로 소스케를 데려온다. 그랑 맘마레는 묻는다. 포뇨가 물고기라는 걸 알고 있는지, 포뇨가 인어라도 상관없는지, 그럼에도 좋아할 수 있는지. 소스케는 어떤 포뇨든 전부 좋아한다고 대답한다. 그랑 맘마레는 웃으며 물거품 속에 오래된 마법을 걸어주고, 포뇨는 마침내 진짜 인간으로 변하며 이야기는 끝을 맺는다.

〈벼랑 위의 포뇨〉는 해피엔딩처럼 보이지만, 사실은 슬픈 결말을 암시하고 있을지 모른다는 느낌을 받았다. 다섯 살 아이들이 변하지 않는 사랑의 맹세를 지킬 수 있을까. 평생 서로의 소중함을 잊지 않고 살아갈 수 있을까. 영화를 보았던 사람이라면 한 번쯤은 생각하게 될 것 같았다. 포뇨는 정말 물거품이 되지 않을 수 있을까.

지난 기억을 떠올려본다. 내 이야기를 들은 당신은 진지하게 고민하더니, '사랑에 적절한 시기라는 게 존재할까?'라고 되물었다. 포뇨와 소스케가 열다섯이나 스물

다섯이었어도 똑같을 것 같아. 다들 영원한 건 없다는 사실을 알고 있잖아. 사람도 감정도 얼마든지 변할 수 있지만, 그럼에도 지켜나가려고 노력하는 거야. 그래서 사랑에 의미가 생기는 거야.

지금 이 순간을 소중히 하자며 웃어 보이던 당신. 조금 더 시간이 흐르고 만났다면 어땠을까. 조금 더 나은 환경이었다면 당신을 아프게 하지 않았을까. 헤어질 줄 알았다면 우리는 사랑하지 않았을까. 약속은 부질없을지 모른다. 쏟았던 마음도, 시간도, 노력도, 무엇하나 보상받지 못하고 물거품으로 변해버릴지도 모른다. 그럼에도 누군가는 사랑을 한다. 물거품의 가능성을 손에 쥔 채, 사랑하기로 선택한다.

"어차피 우리는 모두 물거품에서 태어난걸요."

어쩌면 모든 사랑에는 마법이 필요할지도 모르겠다. 서로 다른 삶을 살아온 개개인 사이에는 바다와 육지의 거리만큼, 사람과 물고기의 차이만큼 극복하기 힘든 어려움이 있을 것이다. 그리고 그 많은 어려움에도 불구하고, 한 번 더 서로를 만나기 위해 달려갈 것이다. Y도 그렇게 사랑을 선택했을 것이다. 이미 수많은 고민을 했을 그들에게 '괜찮다'는 말조차 실례가 되지 않을까.

나는 그가 보내준 사진을 다시 한번 확인해보았다. 깔끔하게 인쇄된 종이 카드 위로 서로에 대한 믿음을 확인했을 두 사람의 이름이 적혀있었다. 나는 마법을 걸어줄 수는 없지만, 긴 여행을 함께할 세상의 모든 포뇨와 소스케를 축복하고 싶었다. 그들이 사랑을 지켜갈 수 있기를. 물거품의 가능성에서 새로운 순간들이 태어나기를. 결혼식에서 Y를 만나면 큰소리로 축하한다 말해줄 것이다.

누구의 삶도 함부로 버려지지 않기를

"그 희미한 빛에 의지해서 나는 가끔,
'사건'이란 용광로에 빠진 이름을 비춰보고는 한다.
매년 산업 현장에서 꺼져가는 2,000여 명의 이름.
바다에서 돌아오지 못한 304명의 이름.
때로는 별자리가 되어 누군가의 미래를 밝히는 이름.
노이로제가 걸릴 정도로 가까웠던,
숫자가 표현하지 못한 삶의 질량을 생각한다.
어쩌면 그래서 매일같이 마음이 무거워지는지도 모르겠다."

심야식당의 손님들

누군가의 여행지엔 누군가의 삶이 있다.
섞어 들어갈 순 있어도 결코 온전히 이해할 수는 없는 차이가 있다.
그 사실이 새삼 놀랍게 느껴져서,
나는 잠시 발걸음을 멈추고 골목 가득한 불빛을 바라보았다.

사람이 모이는 곳에는 언제나 활기가 있다. 어두워진 거리에서 활기는 술집에 불을 밝히고, 그 빛은 또다시 지나가는 사람들을 불러 모은다. 저마다의 테이블에서 저마다의 이야기가 피어올라 낯설기만 느껴지던 신주쿠의 밤거리는 어느새 친숙한 소음으로 뒤덮였다. 하루를 마치고 돌아가는 사람들 사이에 앉아있다 보면, 잠시 머무는 관광객인 나도 이 도시의 일부가 된 듯한 기분이 들었다.

돈을 너무 많이 쓰게 한 것 같아서 미안하구나. 종업원에게 일본어로 닭고기 요리를 주문하며, J의 아버지는 그렇게 말했다. 평소였으면 경비의 절반만 있어도 충분했을 텐데 일본에서도 이 시기는 연휴 기간이라 어쩔 수가 없네. 에이, 아빠가 미안할 게 뭐 있어요. 나랑 태준이도 다 직장 다녀서 이때 아니었으면 못 왔는데요 뭐. J는 유쾌한 목소리로 대답했다.

나도 같은 생각이었다. 연휴와 주말을 껴야 겨우 갈 수 있는 해외여행이었다. 현장직의 특성상 연차를 내는 것도 쉽지 않고, 필연적으로 내가 하지 않은 일을 누군가 대신하게 되는 걸 알기에 마음이 편치 않았다. 산업기능요원으로 복무하고 있었기 때문에 병무청에서 허가서도 발급받아야 했다. 여행을 망설이게 되는 이유는 언제나 비용보다는 절차와 상황 때문이었다.

게다가 J의 아버지가 없었다면 선뜻 일정을 잡을 수도 없었을 것이다. 젊은 시절 일본에서 생활하셨던 J의 아버지는 만날 때마다 당시의 이야기를 들려주시고는 했다. 1980년대의 도쿄. 신주쿠의 밤거리와 츠키지 수산시장의 새벽 풍경. 생생한 경험담은 타국의 도시를 상상하게 했다. 너희들 데리고 도쿄에 한 번 가야 하는데. J의 아버지가 중얼거리고, 나와 J가 말을 받았다. 가시죠! 그래 아빠, 이번 연휴에 비행기 예매하자!

그렇게 다소 즉흥적으로 결정된 도쿄 여행. 주말과 석가탄신일이 붙어있던 5월 황금연휴. 평소의 두 배 가까운 가격으로 예매했던 비행기표. 누군가는 고개를 갸웃거릴지도 모르겠다. 친구와 친구의 아버지와 떠나는 해외여행이라니. 무슨 조합이 그러냐고 말이다. 하지만 J의 아버지가 함께였기 때문에 우리는 훨씬 많은 것을 보고 배울 수 있었다. 앞선 경험과 지식이 없었다면 한정된 시간과 비용으로 떠나는 여행이 부담스럽게 느껴지지 않았을까.

그가 정성 들여 나와 J를 데리고 다녀준 덕분에, 우리는 〈동경만경〉의 배경이 되는 오다이바를 걷고, 〈너의 이름은〉의 마지막 장면에 등장하는 붉은 계단을 오르고, 하루키의 소설이 떠오르는 노을빛의 시모키타자와를 볼 수 있었다. J의 아버지는 우리에게 다양한 도쿄의 모습을 보여주고 싶어 했다. 신주쿠의 밤, 가부키초의 거리도 그중 하나였다.

유독 요란한 간판들이 존재감을 과시하는 거리. 다른 곳에서는 잘 볼 수 없는 호객꾼들도 이곳에서는 심심치 않게 눈에 띄었다. 너희끼리 도쿄에 올 일이 있어도 여기서는 항상 조심해야 한다. 그렇게 말하며 J의 아버지는 가부키초 거리에서 주의해야 할 일들에 관해 설명해주셨다.

미로처럼 복잡한 가부키초의 골목들은 함부로 들어갔다가는 길을 잃기에 십상이며, 경찰의 도움을 받기도 쉽지 않다는 점을 강조했다. 그러니 꼭 큰길로만 다니고, 웬만해서는 이쪽으로 오지 않는 게 좋다고 했다. 이곳은 도쿄 최대의 환락가이자 보이지 않는 법칙에 의해 움직이는 뒷면의 세계인 것이다.

문득 드라마로 더 유명한 만화 『심야식당』이 생각났다. 밤 10시부터 아침 7시까지 영업하는 식당에는 가부키초에서 일하는 손님들이 자주 드나든다. 1권 첫 번째 에피소드의 손님도 야쿠자다. 위협적인 대사를 읊어대는 부하와 함께 가게로 들어서는 켄자키 류. 식당 내부가 불안한 긴장감으로 가득 차는 순간, 그가 입을 연다. 비엔나소시지 있나? 빨간 비엔나소시지.

어쩌면 맥이 풀리는 사람도 있을 것 같다. 비엔나소시지라니, 선글라스를 쓴 험상궂은 야쿠자의 주문이 비엔나소시지 볶음이라니. 지나치게 어울리지 않는 조합도 당황스럽지만, 주문을 받은 가게 주인 '마스터'의 대답 또한 걸작이다. 있어, 문어 모양으로 볶아줄까?

심야식당은 그런 곳이다. 야쿠자가 문어 모양으로 자른 비엔나소시지 볶음을 주문할 수 있는 곳. 누구나 차별 없이 따뜻한 밥 한 끼를 먹을 수 있는 곳. 그 따스함이 사람들을 불러 모아서일까. 그곳에서는 AV 배우나 스트리퍼, 윤락업 종사자 등 사회의 어두운 골목에서 살아가는 손님을 자주 만날 수 있다.

도시의 밤은 너무 환해졌다. 이 거리는 어두컴컴한 게 매력인지, 흐릿한 불빛에 빨려 들어오듯이 사람들이 길을 잃고 들어온다.

—『심야식당』중

저녁을 다 먹은 우리는 이자카야 골목으로 유명한 오모이데요코초에서 2차를 하기로 했다. J의 아버지는 가부키초를 빠져나올 때부터 주위를 유심히 살펴보시더니, 반가운 표정으로 낡은 건물 하나를 가리켰다. 처음 일본에 오셨을 때 생활하시던 숙소였다고 했다.

30여 년의 시간을 넘어 온 신주쿠의 밤거리에서, J의 아버지는 무작정 도쿄로 넘어와 정착하기까지의 이야기를 들려주셨다. 파칭코에서 일하면서 숙소로 돌아와 일본어를 공부했던 시간. 많이 울고, 억울하기도 했던 기억들. 우리는 조용히 귀를 기울였다. 그러면서 J의 아버지도 한때는 이 도시의 일부였다는 생각을 했다.

아빠는 말이지, 처음 도쿄에 왔을 때 꼬칫집에서 술 한잔해보는 게 소원이었어. 그런데 항상 바로 앞까지 가서 다시 돌아오고는 했지. 돈이 없어서가 아니라, 일본어로 제대로 주문하지 못하는 게 겁이 났거든. 정작 다른 사람들은 신경도 안 쓰는데 말이야. 젊을 때는 겁이 없다고들 하지만, 오히려 아주 사소한 것들에 불안해하기도 하지. 누구라도 그런 거란다.

　오래된 꼬칫집들이 빼곡히 들어선 오모이데요코초는 관광객은 물론, 현지의 직장인들이 고단한 하루를 마무리하는 곳이라고 했다. 누군가의 여행지엔 누군가의 삶이 있다. 섞여 들어갈 순 있어도 결코 온전히 이해할 수는 없는 차이가 있다. 그 사실이 새삼 놀랍게 느껴져서, 나는 잠시 발걸음을 멈추고 골목 가득한 불빛을 바라보았다. 그들은 어떤 하루를 보내고 이곳으로 발걸음을 옮기는 걸까.

　그러고 보니 심야식당의 배경도 신주쿠의 어딘가라고 했다. 이 거리에서 살아가는 사람들에게도 각자 남에게 말 못 한 사연들이 있겠지. 마음의 그릇이 가득 차서 더 이상 무언가를 담아둘 수 없을 때가 되면, 그들도 어딘가에 있는 심야식당을 찾아가는 걸까. 추억이 담긴 음식과 한 잔의 술에 위로받으며 내일을 살아갈 힘을 얻는 걸까.

　그렇다면 스쳐 지나가는 관광객은 심야식당에 어울

리는 손님이 아닐 것이다. 아쉽지만 그곳은 이 거리에서 묵묵히 살아가는 이들을 위한 장소로 남겨놓자. 하루의 무게를 온전하게 이겨낸 사람이라면 누구든지 맞이해주는 곳으로. 젊은 시절 J의 아버지도 그곳에서 마음 편히 술 한잔하실 수 있다면 좋겠다.

공부할 권리

더 이상 고졸이라는 사실이 부끄럽지도 않고,
캠퍼스 라이프에 대한 환상이나 동경도 없었다.
어쩌면 그제야 마음의 진짜 모습을 보게 된 게 아닐까.
눈에 보이는 효용과 이득에서 벗어난,
깨끗하고 맑은 부러움이 떠오른 게 아닐까.

너도 그렇고, 고등학교 때 친했던 애들은 다 서울권 대학에 갔으니까. 부러웠지. 나는 공장에 있는데, 자꾸만 뒤처지는 것 같고. 덕분에 열심히 살기는 했어. 시간이 지났을 때 친구들한테 부끄럽지 않고 싶어서. 돌아보면 나 나쁘지 않게 살았던 것 같아. 그래도 역시 부러웠던 건, 혼자서 하기 힘든 공부도 있다는 거야. 나도 철학이나 사회학 같은 거 배우고 싶었어. 나도, 공부를 더 하고 싶었어.

C와 전화로 그런 이야기를 하는데, 가슴 한편이 먹먹해지더니 갑자기 눈물이 흘렀다. 뭐야, 왜 이래. 속으로 중얼거리며 손바닥으로 얼굴을 쓸었다. 그런데도 눈물은 멈추지 않고 자꾸만 흘러나왔다. 감정이 당황스러웠다. 마음의 한가운데서 누군가 물장구를 치는 것 같았다. 특별히 슬프지도 억울하지도 않은, 반쯤 장난처럼 느껴지는 야릇한 기분으로, 나는 한참 동안 소리 없이 울었다.

마이스터고등학교가 막 생기기 시작할 무렵 정부에서 적극적으로 내세웠던 정책이 '선취업 후진학'이었다. 굳이 대학에 갈 필요 없다. 취업을 먼저하고, 일을 하면서 학위가 필요하다면 언제든지 취득할 수 있는 기회를 만들겠다. 기업과 대학의 MOU를 체결하고 원격 수업도 지원하겠다. 경력과 학업 두 마리 토끼를 한 번에 잡도록 하겠다, 대략 그런 내용이었다.

실제로 내가 고등학교에 다닐 때 교양 과목 학점을 미리 취득할 수 있는 교육이 생기기도 했다. 하지만 학생들의 평가는 대체로 좋지 않았다. 이유는 확실하지 않다는 거였다. 자신이 취업할 회사가 해당 대학과 MOU가 체결되었는지도 불확실하고, 학점은행제냐 야간대학이냐 방송대학이냐에 따라 수강이 인정되는 범위도 달랐다. 당연하게도 아이들에게는 가지 않은 대학 수업보다, 당장에 결과가 보이는 시험이나 수행평가가 더 중요했다.

정작 학교를 졸업한 후에는 그런 교육이나 제도를 접하기 힘들었다. 정부와 어른들은 '선취업'에는 유달리 신경을 썼지만, '후진학'에는 별 관심이 없었다. 스물의 나는 뭘 해야 할지 몰라 그나마 익숙한 자격증 공부를 했다. 회사에서 다루는 기계와 관련된 필기를 취득하고, 주말에 졸업한 학교를 찾아가 실기 준비를 했다. 업무가 끝난 후 회사에 남아 실기 과제를 한 적도 있었다. 시험 날 연차를 쓰려던 나에게 차장님은 기다려보라고 하더니, 관리팀에 직접 이야기해서 공결 처리를 해주셨다.

스물한 살이 돼서는 방송대학교를 다녔다. 정확히는 '프라임 칼리지'라는, 선취업 후진학 정책에 의해 생겨난 부속 기관의 학위 과정이었다. 재직자 친화형 체제를 만들겠다는 의지로 100% 온라인 강의와 시험이 이루어진 덕분에 컴퓨터만 있으면 어디서든 수업을 들을 수 있었다. 하지만 지원하는 과정이 금융과 공학 두 가지밖에 없었다. 나는 첨단공학부 산업공학 전공이었다.

강의 자체는 어렵지 않았다. 첫 학기 성적도 괜찮아서, 다음 학기에는 등록금을 내지 않고 장학금으로 수업을 들을 수 있었다. 잔업이 끝나는 저녁 8시에 퇴근하고 샤워를 하면 금세 9시가 가까워졌다. 한두 시간 정도 공부를 하고, 가끔 과제가 있을 때는 더 늦게까지 하거나 일요일에 몰아서 해결했다. 토요일에는 일본어 학원에 갔다.

일주일짜리 시간표를 그림으로 그렸다면 아마 빈자리를 찾기 어려웠을 것이다. 어느 날은 너무 피곤해 퇴근하자마자 잠이 들었다가 새벽에 일어나 공부하기도 했다. 고요하게 가라앉은 정적 속에 혼자 컴퓨터 화면을 바라보고 있으면 기분이 이상했다. 이게 정부에서 그렇게나 큰소리치던 '선취업 후진학'인가. 그러니까 이건 '기회'고, 나는 '지원'을 받고 있는 건가. 언어와 현상 사이의 미묘한 차이를 느끼다 보면 아침이 왔다. 물론 하나도 개운하지 않았다.

그때를 돌아보며 가장 기억에 남는 건, 치열하게 습득한 지식이 아니라 매일 같이 나를 짓누르던 졸음이었다. 그래도 공장에서는 항상 정신을 차리고 있었다. 거칠고 날카로운 기계 소음 속에서는 자연스럽게 긴장이 됐다. 하지만 가끔은 나도 모르게 손에 힘이 풀려 당황한 적도 많았다. 충분히 잠을 자지 못한 새벽에는 다음 날 출근이 겁이 났다. 지금 사고를 당하면 누구도 원망할 수 없을 것 같았다.

몇 번이나 스스로를 다그쳤던 밤들. 주말조차 마음 편히 쉴 수 없었던 일상 속에는 짙은 두려움이 있었다. 공부 때문에 다른 일을 그르치면, 남들이 나에게 뭐라고 할까. 그렇게 왜 되지도 않게 공부한다고 설쳤냐며 손가락질하지 않을까. 남들이 쉴 때나 남들이 놀 때, 꾹 참고 해내는 공부가 쓸모없으면 어쩌지. 차라리 아무것도 하지 않을 걸 그랬다면 스스로 후회하면 어쩌지.

두려움이 커질수록 나는 눈에 보이는 결과를 원했

다. 배우는 학문의 본질보다는 당장의 효용과 부가적인 이득에 집중했다. 업무에 쓰이든, 회사를 옮길 때 도움이 되든, 당장에 성실한 직원이라는 이미지든 뭐든 좋았다. 눈에 보이지 않으면 불안했고, 불안이 커지면 일도 공부도 어느 것 하나 제대로 할 수 없었다. 마땅히 투정 부릴 사람도 없어서, 나는 그 시간을 항상 혼자서 견뎠다.

지금 보면 '선취업 후진학'이라는 말 자체가 모순인 것 같아. 며칠 후 다시 C와 통화하며 나는 그렇게 말했다. 왜? 마이스터고등학교라는 게 학벌주의 없애고 능력 중심 사회를 만들겠다는 목표로 세운 거잖아. 그런데 결국 사회적 의무를 개인에게 전가한 것뿐이야. 마음만 먹으면 공부할 수 있는데 왜 안 하냐는 식이지. 그렇게 힘들게 학위를 얻은 사람들은 또 고졸을 무시할 거잖아. 그래야 자기 노력에 의미가 생기니까.

C는 가만히 내 말을 듣다 뜻밖의 이야기를 건넸다. 그건 대학생도 마찬가지인 것 같은데. 대학생도? 응, 다는 아니지만 명문대학교 학생들 중에 그런 식으로 생각하는 사람 많아. 내가 이만큼 노력해서 좋은 대학에 왔으니까, 사회적으로 어느 정도 대우받는 건 당연하다는 식

으로. 나는 잠시 고민해보았다. 너도 그렇게 생각해?

대학생한테 너무 많은 거 바라지 마, 얘들도 자기 앞가림하기 버거운 사람들인 거지 뭐. 그런가. 그런 거지. 그러면 대학생들은 대학에 뭘 바라는 걸까. 휴대전화 너머로 정적이 흘렀다. 나도 아무 말 없이 스스로 던진 질문에 대해 생각해보았다. 사람들은 뭘 바라는 걸까. 나는, 도대체 뭘 바라고 그리 공부했던 걸까. 결국에는 방송대학교도 일본어 학원도 전부 그만둬버렸는데. 대신 읽고 싶은 책을 읽고, 쓰고 싶은 글을 썼는데.

나는 잠시 그날의 기억을 떠올려 보았다. 자신조차 당황스러웠던 감정. 왜 그랬던 걸까. 예전에는 분명 대학에 대한 열등감이나 질투심이 있었다. 그래서 일찍 일해서 좋다며, 경제적으로 자립하고 더 많이 배웠다며 일부로 주변에 말하고는 했다. 하지만 그런 과장됨도 시간이 지날수록 점점 옅어졌다. 내 삶에 집중할수록 다른 삶의 탓할 필요도, 비교할 필요도 느끼지 못했다.

나는 회사에서 맡은 업무를 성실하게 해냈고, 대학과 학원을 그만둔 후에도 방탕하게 시간을 보낸 적은 없었다. 운동을 하면 몸에 지방이 빠지듯, 최선을 다하는 삶은 마음의 군더더기를 걷어냈다. 더 이상 고졸이라는 사실이 부끄럽지도 않고, 캠퍼스 라이프에 대한 환상이나 동경도 없었다. 어쩌면 그제야 마음의 진짜 모습을 보게 된 게 아닐까. 눈에 보이는 효용과 이득에서 벗어난, 깨끗하고 맑은 부러움이 떠오른 게 아닐까.

너는 뭐가 그렇게 부러웠는데? 멍하니 있던 나는 C의 목소리에 정신이 들었다. 아, 생각해보니까 나는 지금까지 공부만 했던 적이 없더라고. 열아홉부터 한 번도 안 쉬고 계속 일했으니까. 그래서 그냥 공부만 해도 되는 환경이, 커리큘럼이나 교재나, 같이 과제를 하면서 투정도 부릴 수 있는 사람이 있는 게 부러웠던 것 같애. 그것 때문에 울었다고? 글쎄, 사실 잘 모르겠어.

사실 잘 모르겠어. 나는 속으로 그 말을 한 번 더 되뇌어 보았다. 모두가 당연하다는 듯이 공부라고 부르는 것도, 그걸 통해서 이루고자 하는 목적도, 사람이 사람을 무시하게 되는 계기도, 전혀 다른 환경에서 마주하는 똑같은 종류의 두려움도, 여전히 무엇 하나 확실하게 대답하지 못하는 우리도, 나는 제대로 표현할 수가 없어. 현상을 설명할 수 있는 언어가 나에게는 존재하지 않으니까.

진짜 공부를 해보고 싶었다. '진학'이나 '취득'이나 '학위'가 아니라, 세상을 바르게 이해하는 언어를 배우고 싶었다. 같은 고민을 했던 이들이 마주한 진실을, 나도 조금이나마 엿보고 싶었다. 우리가 대학에 기대해야 하는 건 그런 게 아닐까. 그마저 비현실적이라 손가락질한다면 갈 곳 잃은 부러움은 어떻게 해야 하는지. 휴대폰 사이의 긴 정적처럼, 큰소리치던 정부와 어른들은 여전히 아무런 대답도 하지 않고 있었다.

상식이 통하는 세상

아무리 멀리 떨어진 곳에서도
관례는 통하지 않을 것이다.
대신 바르고 견고한 상식이,
우리가 가고자 하는 방향을 밝혀줄 것이다.
피부가 따끔거리는 세상에서
기어이 누군가를 지켜낼 것이다.

집에서 가족들과 TV를 보는데, 올해 사회적으로 큰 이슈가 됐던 트라이애슬론 선수의 자살 사건을 다룬 프로그램이 나왔다. 그는 소속팀 감독, 선배, 팀 닥터 등에게 여러 차례 구타와 가혹행위에 시달렸다고 했다. 경찰과 스포츠 윤리위원회 등에 사실을 알렸지만 도움을 받을 수 없었고, 22세의 이른 나이에 결국 스스로 목숨을 끊었다. 어머니에게 보낸 마지막 메시지에는 가해자들의 죄를 밝혀달라는 부탁이 적혀 있었다.

운동하다 보면 좀 맞을 수도 있고…… 감독이 아무 일 없었다고 하니까…… 사건을 외면했던 기관 담당자들의 인터뷰가 나올 때마다 TV를 보던 모두가 깊은 한숨을 쉬었다. 그들의 이야기는 도저히 일반적인 상식에 부합하지 않았다. 예외적이라고 부를 수 있는 범위는 도대체 어디까지인 걸까. 계속되는 조사원의 질문에 '관례였다'는 그들의 대답은, 어딘가 뒤틀리고 일그러져 기이하게 보이기까지 했다.

짧은 기간이지만 나도 운동부 생활을 했었다. 초등학교 5학년부터 중학교 2학년 여름까지 프로 선수를 꿈꾸며 야구를 했는데, 중학교에 올라가서는 오후 수업을 거의 들어본 적이 없었다. 점심을 먹으면 곧바로 운동장에 나와 훈련 준비를 했다. 그러면 같은 반 친구들은 밥만 먹고 도망간다며 장난을 치고는 했다. 하지만 그들 중 누구도 진심으로 야구부를 부러워하진 않았을 것이다.

고된 훈련은 매일 밤늦게까지 이어졌다. 몸이 녹초가 될 만큼 힘들어도, 좋아하는 일이기에 견뎌보려 했다. 부족하면 한 번 더 하고, 한 걸음 더 뛰면 된다고 생각했다. 하지만 자신의 노력으로 해결할 수 없는 문제도 있었다. 당시 야구부에는 나를 유독 싫어하던 선배가 있었는데, 그는 틈날 때마다 다양한 방식으로 폭력을 행사했다.

다리나 어깨 쪽으로 야구공이 날아오는 건 일상이었다. 미처 피하지 못해 아파하면 등 뒤에서 낄낄거리는 웃음소리가 들렸다. 목욕탕에서 알몸인 채 얼차려를 받고, 바가지로 얻어맞은 적도 있었다. 야, 재능 없는 새끼가 열심히 하는 거 민폐야. 짜증 나니까 설치지 말고 좀 가만히 있어.

누군가에게 도움을 요청해야 한다는 생각은 하지 못했던 것 같다. 그 정도의 괴롭힘은 유난한 것도 아니었으니까. 당장 선배들의 이야기만 들어봐도 말도 안 되는 사연들이 넘쳐났다. 그래도 집으로 돌아가는 길에는 억울하고 분한 마음이 신물처럼 올라왔다. 버티자. 시간이 지나면 나아질 거야. 그리고 나면 이런 일 따위는 별것 아닌 강한 사람이 될 거야. 속으로 중얼거리며 나는 끓어오르는 감정을 혼자 삼켰다.

결론부터 말하자면, 그 시절의 기억이 나를 더 단단하거나 강한 사람으로 만들어주지는 않았다. 오히려 시간이 지나면서 나는 폭력에 훨씬 예민한 사람이 됐다. 야구부를 그만둔 이유는 여러 가지였지만, 공기처럼 떠도는 폭력에 적응하지 못한 탓도 있었다. 무심해 보려 해도 자꾸만 피부가 따끔거렸다.

그래도 가끔은 운동장에서 훈련하는 야구부를 멍한 기분으로 바라보고는 했다. 머물렀던 곳에 대한 애증이 있었다. 높이 떠오른 태양은 아이들이 서 있는 곳마다 둥그런 그림자를 만들었다. 저 점들을 이어가면 어떤 형상이 나타날까. 일그러진 다각형의 의미를 고민하며, 나는 운동장과 교실 사이의 거리에 대해 생각했다.

평범한 학교생활에 익숙해지면서 그때의 감각은 조금씩 흐려졌지만, 주위를 둘러보면 어딘가 뒤틀려 있는 상식을 쉽게 발견할 수 있었다. 고등학교에서 특별반처럼 운영되던 '기능특활부'도 그랬다. 각자의 전공 기술을 단련해 기능경기대회 입상을 목표로 하는 그곳은 나에게 종목이 다른 운동부와 다를 바 없어 보였다.

한정된 인원만 선별하는 기능특활생은 실습에 필요한 장비와 공간을 모두 학교에서 받았지만, 그만큼 엄격한 생활을 강요받아야 했다. 대부분의 기능부 학생은 아침부터 늦은 밤까지, 방학이나 명절에도 학교에 남아 실습을 했다. 그래도 기능대회에서 입상하면 남들이 부러워하는 대기업 입사 기회가 주어졌기 때문에 매년 많은 아이가 지원했다.

하지만 1학년 아이들은 기능부에 들어가도 곧바로 전공실습을 하지 못했다. 대신 선배들이 만든 과제를 해체하거나, 청소를 하거나, 심부름을 하는 등 잡다한 일들을 떠맡았다. 그 과정에서 부당한 요구가 있어도 불만을 표할 수 없었다. 실습을 가르쳐주는 건 선배들이었으므로, 그들의 눈치를 보는 건 당연한 일이었다.

특활부로 최종 선발된 인원은 2학년부터 정규수업에 들어오지 않았다. 비어있는 책상과 의자만이 무언가를 암시하는 상징물처럼 교실 한구석에 남아있을 뿐이었다. 점심시간이면 운동장으로 나가던 야구부만큼이나, 그들에게도 수도 없이 많은 '예외'가 생겨났을 것이다. 새벽까지 불을 밝히던 실습실과 비어있는 교실 사이에는 또 얼마만큼의 거리가 있었을까.

올해 4월, 한 공업고등학교의 기능부 학생이 기숙사에서 스스로 목숨을 끊었다. 유서는 없었지만, 친구들의 증언과 문자 메시지를 통해 평소 메달 경쟁에 대한 부담감과 내부에 만연한 학교폭력으로 괴로워했다는 사실이 밝혀졌다. 그는 몇 번이나 기능부를 그만두겠다고 이야기했음에도 학교 측의 설득에 다시 실습실로 돌아가야 했다.

학생의 의사를 존중했다…… 회유 및 지도한 사실은 있으나 물리적인 강압은 없었다…… 학교 측은 해당 학생의 죽음과 기능부 생활에 직접적인 관련이 없다고 했다. 그러면서 학생의 가정사에 문제가 있었다는 입장 발표를 했다. 나는 궁금해졌다. 그들이 말하는 '회유'와 '지도'는 과연 상식적이었을까. 누군가를 지키는 바른 형태의 말이었을까. 아니면 자신들이 설정한 예외 속에서 누군가를 함부로 다루는 일그러진 말이었을까.

서로의 거리가 멀어질수록 상식은 뒤틀리고 왜곡된다. 기능부나 운동부처럼 교실을 벗어난 아이들을 더 이상 교육의 대상으로 여겨지지 않았다. 그들은 성과를 위해 좀 맞아도 되고, 부당한 요구를 당해도 되는 존재였다. 일반 학생과 그들, 아니, 학생과 '일반적이지 않은 학생들' 사이에는 그렇게 기이한 형태의 '관례'만이 덩어리져 남아있었다.

최근 교육부와 고용노동부는 기능부를 동아리 형태로 변경하고, 경기기능대회 운영방식을 단계적으로 수정하는 개선책을 발표했다. 일시적 관심에 따른 주먹구구식 해결방안이라는 비판도 있지만, 이런 변화 자체는 환영할만한 일이 아닐까. 개인의 힘으로는 어찌할 수 없는 관례를 무너트리는 가장 확실한 방법이니까.

중요한 건, 여기서 그치지 않고 관심을 보다 넓은 영역으로 확대하는 일일 것이다. 운동부의 문제를 교육의 문제로, 기능부의 문제를 산업과 노동의 문제로, 아이들의 문제를 사회를 살아가는 구성원 전체의 문제로 받아들여야 한다. 모든 게 직업인으로 살아가기 위한 방법을 배우는 일이라는 걸 잊지 말아야 한다.

운동선수든, 기술인이든, 어떤 분야의 무슨 일을 하든, 안전하고 행복한 것이 당연한 사회가 된다면 교육은 뒤틀리지 않을 것이다. 아무리 멀리 떨어진 곳에서도 관례는 통하지 않을 것이다. 대신 바르고 견고한 상식이, 우리가 가고자 하는 방향을 밝혀줄 것이다. 피부가 따끔거리는 세상에서 기어이 누군가를 지켜낼 것이다.

당신의 삶, 당신의 기억

아빠.

왜.

저는 글을 쓸 거예요.

그건 네 엄마 닮았네.

아버지는 근처에 두었던 담배와 라이터를 찾았다.

그리고 자리에서 일어서면서 한마디를 보탰다.

세상이 바뀌었으니까, 좋아하는 일 하면서 살아야지.

내가 학교 기숙사에서 집으로 돌아오는 날이면 아버지는 항상 맥주를 사 왔다. 안주는 그때그때 달랐는데, 만두나 부추전을 구울 때도 있었고, 롯데 자이언츠가 순위 결정전을 하는 날에는 치킨을 시키기도 했다. 물론 그런 날은 치킨집 주문이 한참 밀려서 4회나 5회를 지나야 겨우 배달이 왔다.

아버지는 맥주잔을 하나만 가져와서, 자기가 마신 후에 묵묵히 다시 채웠다. 아무 말 하지 않아도 그건 내 몫이었다. 내가 다 마시면 다시 아버지가, 아버지가 다 마시면 다시 내가. 그렇게 우리는 식탁을 사이에 두고 하나의 맥주잔을 주고받았다. 돌이켜보면 아버지는 일찍 사회로 나가야 하는 막내아들에게 나름의 방식으로 주도(酒道)를 가르쳤다는 생각이 든다.

프로야구 중계가 끝나도 치킨과 맥주는 남아있었기 때문에 자리는 계속 이어졌다. TV에는 당일 경기의 하이라이트가 반복해서 나왔다. 학교는 다닐 만하나? 완전 적성이죠. 니가 손재주는 아빠를 닮아서 다행이네. 롯데가 이겨 기분이 좋아서인지, 아니면 단순한 술기운 때문인지, 아버지는 평소에는 하지 않는 젊은 시절 이야기를 했다.

고등학교 대신 갔던 직업훈련원 이야기, 커다란 목공소의 공무팀으로 일했던 이야기, 부산으로 돌아와 유통회사에 들어가고, 그곳에서 어머니를 만났던 이야기. 아버지와 긴 시간 대화를 나누다 보면, 마이스터고등학교에 가길 잘했다는 생각이 들었다. 그때만큼은 기계나 전기, 전자나 설계를 배우던 일이 하나도 원망스럽지 않았다.

아마도 경험이 매개체가 되어서였을 것이다. 나는 스스로 지나온 시간을 통해 아버지의 이야기를 더 깊이 이해할 수 있었다. 윤제균 감독의 영화 〈국제시장〉을 처음 봤을 때도 비슷한 기분이었다. 전쟁의 기억, 상실된 가족의 상처, 한국 현대사를 관통하는 세상 풍파를 직접 겪은 적은 없었지만, 스크린을 통해 흘러나온 이야기와 나의 경험이 긴밀하게 이어지는 느낌을 받았다.

"내가 없으면 장남인 네가 가장인 거 알제? 가족들 잘 지키라."

〈국제시장〉은 한국전쟁 당시 흥남에서 부산으로

피난 온 가족들의 이야기로 시작된다. 피난 도중 자신의 등에 업혀있던 동생 막순이를 잃어버리고, 설상가상으로 딸을 찾기 위해 배에서 내린 아버지와도 생이별하게 된 사내아이 덕수. 남아있는 가족들은 고모의 가게 '꽃분이네'에서 만나자는 아버지의 말을 가슴에 간직한 채 타지에서의 생활에 적응해간다.

시간이 흘러 청년이 된 덕수는 돈을 벌면서도 검정고시 학원 수업을 몰래 들으며 공부의 끈을 놓지 않는다. 그에게는 외항선 선장이 되겠다는 꿈이 있었던 것이다. 하지만 마찬가지로 공부를 이어가던 동생 승규가 먼저 서울대학교에 합격하면서 덕수는 고민에 빠진다. 당장에 등록금을 마련할 방법이 없던 그는 결국 친구 달수와 함께 독일 파견 광부모집에 지원하고, 체력검사와 면접을 통과하면서 3년간 독일로 떠난다.

"Glück auf(살아서 만납시다)!"

굳게 마음먹고 결정한 일이었지만, 매일같이 이어지는 작업은 가혹하기만 하다. 햇빛 한 점 들어오지 않는 지하 1,000m의 광산. 온몸을 새까맣게 뒤덮은 석탄재는 마음마저 어두운색으로 물들일 것만 같다. 하지만 죽을 고비를 넘기는 중노동 속에서도 덕수는 일상을 살아간다. 쉬는 날에는 자전거로 강변을 달리기도 하고, 독일에서 평생의 동반자인 '영자'를 만나 사랑에 빠지기도 한다. 어떤 상황에서든, 그들은 행복해지기 위해 최선을 다하고 있는 것이다.

맥주를 다 마시자 아버지는 냉장고에 있는 소주를 가지고 오라고 했다. 나는 차갑게 식은 초록병 두 개와 소주잔 하나를 가지고 식탁으로 돌아왔다. 우리는 다시 같은 방식으로 잔을 주고받았다. 그럴수록 아버지의 이야기는 점점 더 오래전으로 거슬러 올라갔다. 너무 어릴 때 돌아가셔서 기억조차 안 난다는 아버지의 아버지. 돌아가며 가장의 역할을 해야 했던 일곱 남매. 가끔은 모두를 고생시킨 아버지가 원망스럽기도 했다고, 별 의미 없이 흐르는 TV 광고를 보며 아버지는 말했다.

"맨날 당신 팔자가 이러니 이해해라, 팔자가 이러니 어쩔수 없다, 당신 팔자가 어때서요? 이제는 남이 아니라 당신을 위해서 한 번 살아보라고요! 당신 인생인데 왜 그 안에 당신은 없냐구요⋯⋯."

3년 뒤 한국으로 돌아온 덕수는 영자와 결혼식을 올리고, 못다 한 공부를 이어간 끝에 해양대학교에 합격한다. 나이 든 고모는 '꽃분이네'를 덕수에게 물려주겠다고 말한다. 이제는 정말 힘든 시절이 다 지나 행복한 나날이 다가올 것만 같다. 하지만 고난은 덕수를 쉽게 놓아주지 않는다. 고모가 죽자, 알코올 의존증인 고모부가 '꽃분이네'를 팔아버리겠다고 선언한 것이다.

덕수에게 '꽃분이네'는 단순히 낡은 가게가 아니다. 한국전쟁 당시 실종된 동생과 아버지가 돌아와야 할 공간이다. 그에게 '꽃분이네'는 지켜야 할 기억인 동시에, 가족이 살아있을 거라는 믿음인 것이다. 결국 덕수는 선장의 꿈을 포기한 채 가게를 인수하기로 결정한다. 그리고 부족한 돈을 메우기 위해 가족들의 만류에도 불구하고, 베트남 전쟁에 기술자로 지원하며 다시 한번 조국을 떠난다.

"내는 그래 생각한다. 힘든 세월에 태어나가, 이 힘든 세상 풍파를 우리 자식이 아니라 우리가 겪은 기 참 다행이라고."

총알과 포탄이 날아드는 전쟁터에서도 덕수는 간신히 살아 돌아오지만, 그 과정에서 한쪽 다리를 크게 다친다. 자신에게 안겨 흐느끼는 영자에게 담담히 '괜찮다'라고 말하는 그의 얼굴엔 세월의 주름만이 무심히 베여있을 뿐이다. 어쨌든 그는 자신이 지켜낸 '꽃분이네'로 다시 돌아온 것이다.

그런 노력에 하늘도 감복해서일까, 전국으로 퍼지는 〈이산가족을 찾습니다〉라는 TV 프로그램에서 덕수는 어릴 적 잃어버렸던 동생 막순이와 재회하게 된다. 해외 가정으로 입양된 막순이는 과거의 기억을 대부분은 잊어버렸지만, 덕수와 마지막 순간 나누었던 대화를 통해 마침내 서로를 확인한다. 그들은 울고, 또 운다. 살아있어 다행이라며 울고, 살아있어 줘서 고맙다며 운다.

"아버지, 내 약속 잘 지켰지예? 이만하면 내 잘 살았지예? 근데…… 내 진짜 힘들었거든예……."

이제는 할아버지가 된 덕수는 방에서 혼자 자신의 삶을 돌아본다. 그리고 끝내 돌아오지 못한 아버지의 사진을 안고 눈물을 흘린다. 기억을 지켜내는 일도, 굳은 믿음으로 기억을 긍정하는 일도, 어느 것 하나 쉬운 건 없었다. 아버지는 그 영화를 보며 무슨 생각을 하셨을까. 영화를 좋아하셔서 주말 아침이면 혼자서라도 극장에서 가시는 아버지가 〈국제시장〉을 안 봤을 리 없는데.

기억나지 않는 누군가의 삶을 상상해보셨을지. 아니면 자신의 경험에 덕수를 겹쳐보며 문득 우울해지셨을지. 직접 물어볼까 싶었지만, 나는 이내 단념하고 호기심을 소주잔에 털어 삼켜버렸다. 함부로 물어서는 안 되는 거겠지. 그건 당신의 마음이니까. 누군가의 아들이나, 누군가의 아버지가 아닌, 자신의 삶을 굳세게 살아낸 온전한 당신의 이야기니까.

아빠는 어릴 때 꿈이 뭐였어요. 꿈이 없었지, 그때는 그런 거 생각할 겨를도 없었다. 그래도 하나 정도는 있잖아요. 아빠가…… 사실 축구를 좀 하긴 했지. 아아, 운동선수 체질은 아닌데. 니네가 못 봐서 그렇지. 아빠. 왜. 저는 글을 쓸 거예요. 그건 네 엄마 닮았네. 아버지는 근처에 두었던 담배와 라이터를 찾았다. 그리고 자리에서 일어서면서 한마디를 보탰다. 세상이 바뀌었으니까, 좋아하는 일 하면서 살아야지.

몇 잔째인지 모를 소주에 정신이 몽롱해져서일까.

현관으로 나서는 아버지의 발걸음 소리가 무척이나 크게 들렸다. 기억을 지켜내고, 기억을 긍정하고, 마침내 기억에 바깥에서 미래를 바라보는 일이, 어느 것 하나 쉽지 않을 텐데. 당신은 내가 밉지 않을까. 질투가 나거나 부럽지 않을까. 왜 당신에게는 나만큼의 사랑과 기회가 주어지지 않았는지 억울하고 원망스럽지 않았을까. 차마 물어볼 용기가 없던 나는, 자꾸 뜨거워지는 눈시울만 말없이 닦아낼 뿐이었다.

누구의 삶도 함부로 버려지지 않기를

이럴 수는 없다는 생각이 들었다. 이래서는 안 된다.
사람의 마음이, 누군가의 삶이, 그 삶을 호소하는 목소리가,
이런 식으로 버려져서는 안 되는 것이다.
기대가 있든 없든, 얼마나 살았든,
하루의 무게가 얼마나 고달팠든,
똑같은 사람의 목숨이지 않은가.
모두가 함부로 다뤄져서는 안 되는 게 아닌가.

출근길 지하철은 회색빛이었다. 마주 앉아있는 사람들의 얼굴에는 표정이 없었다. 이어폰을 끼고 그들을 바라보던 내 모습도 크게 다르지 않았을 것이다. 전차가 움직일 때마다 의자에 늘어진 몸이 덜컹거리는 소리와 함께 흔들렸다. 의지랄 것이 희미해진 상태. 누적된 피로와 하루의 무게를 온전히 받아내는 아침은 모두에게 힘겨워 보였다.

글쓰기 모임이 있는 수요일이면 나는 회사 기숙사로 돌아가지 못했다. 저녁 7시 반에 대학가 인근 카페에서 시작되는 모임은 빠르면 10시, 늦으면 11시에 끝나기도 했는데, 그때는 공단으로 들어가는 버스가 끊긴 시간이었다. 집으로 돌아가는 것도 쉬운 일은 아니어서 잠자리에 누우면 이미 자정이 지나있는 경우가 많았다.

공장 바로 앞에 붙어있는 기숙사라면 출근 직전까지 잠을 잘 수 있었지만, 집에서는 그보다 2시간은 일찍 일어나야 했다. 초겨울 아침 공기는 얼음장 같았다. 정해진 장소로 오는 통근버스를 놓치면 회사로 들어갈 방법은 두 가지밖에 없었다. 긴 거리를 둘러 가는 시내버스를 타서 지각을 하거나, 돈을 더 내고 택시를 타거나. 어느 쪽이든 그리 마음에 드는 선택지는 아니어서 나는 매번 두꺼운 외투를 입고 지하철을 탔다.

　다음날의 피로가 담보된 하루였지만, 그래도 잔업 없는 날이 있어 좋다고 생각했다. 기숙사에서 지내는 다른 친구들도 수요일이면 여러 약속을 잡고 밖으로 나갔다. 단순히 술 약속인 경우도 있었고, 나처럼 무언가를 배우거나 모임에 참여하기도 했다. 왜 그렇게 많은 직장인이 '저녁이 있는 삶'을 바라는지 이해할 것 같았다. 무엇을 하든 시간은 항상 부족하게 느껴졌다.

　월요일보다 목요일이 더 힘들지 않냐? 지하철역에 내려 통근버스를 기다리는 동안, K가 말을 걸었다. 밝은 목소리와는 다르게 그의 얼굴에도 다크서클이 깊게 내려가 있었다. 너는 뭐 한다고 나갔냐? 애들이랑 술 마셨지 뭐. 다른 회사도 수요일엔 잔업 안 한대? 매일 하는 곳도 있고, 수요일 금요일만 안 하는 곳도 있고, 아예 안 하는 곳도 있고 제각각이지. 우리도 좀 안 하면 안 되냐.

　나는 참지 못하고 길게 하품을 했다. K는 의아한 표정을 짓더니 대뜸 물었다. 니 얘기 못 들었나? 무슨 얘기? 다음 주부터 한 달 동안 잔업 안 한다. 어, 진짜? 처음 듣는 이야기였다. 주문량이 없어서 기계 가동 안 한다더라.

때마침 통근버스가 인도 가까이 다가왔기 때문에 우리는 잠시 이야기를 멈췄다. 모르는 사이 이런 반가운 소식이 있었다니, 끈덕진 피로가 조금은 가시는 것 같았다.

삶의 질이 올라가겠네. 우리야 그렇지. K는 그렇게 말하며 사람마다 다르다고 했다. 반장님은 엄청 싫어하던데. 왜? 가정이 있으시다 아이가. 저녁이 있는 삶이면 다들 좋은 거 아닌가, 가족들이랑 시간도 보내고. 말이 좋지 월급이 줄어든다 아이가. 아. 반장님뿐만 아니고 조립반 이모님들도 다들 걱정이 많더라.

막연히 업무가 줄면 좋은 일이라고 생각했는데, 그렇게 간단한 문제가 아니었다. 시급제가 기본인 현장에서 잔업이 없으면 월급 차이가 컸다. 사회생활을 시작한 지 얼마 되지 않은 우리야 특별히 돈을 쓸 일도 없고, 산업기능요원 복무까지 더해지면 아무래도 일을 덜 하는 게 좋았다. 하지만 누군가에게는 몸이 힘들고 시간이 없어도 일을 해야만 하는 이유가 있었다. 지켜야 하는 가정이, 키워야 하는 아이가 있었다.

경제적인 문제를 제외하더라도, 회사에서 우리는 확실히 이질적인 존재였다. 현장실습생으로 입사해 산업기능요원으로 편입한 이들 중에 지금 회사에 계속 다닐 거라 말하는 사람은 드물었다. 꼭 공부를 하거나 구체적인 활동을 하지 않아도, 다들 마음 한편으로 회사를 거쳐 가는 곳으로 생각하고 있었다.

직접적으로 다가오는 육체의 피로를 견딜 수 있었던 건 우리에게 언제나 더 나은 삶에 대한 기대 같은 게 있기 때문이었다. 산업기능요원이 끝나면 다른 일을 할 수 있겠지. 경력을 인정받으면 더 좋은 회사로 옮길 수 있겠지. 마음만 먹으면 대학을, 여행을, 또는 분명치 않아도 가보지 못한 어떤 미래로 갈 수 있겠지.

하지만 다른 직원들은 아니었다. 나이가 많을수록, 부양해야 할 가족이 있을수록, 회사를 그만두거나 옮기는 선택을 쉽게 할 수 없었다. 그들에게 회사는 환승역이 아닌 도착지였다. 앞으로 얼마나 많은 시간을 공장에서 보내야 하는 건지. 겨우 익숙해진 일을 앞으로도 할 수 있을지. 계속 월급을 받으며 지금의 생활이라도 유지할 수 있을지. 그들은 무엇 하나 확신할 수 없었을 것이다.

그렇게 생각하니 통근버스가 멈추지 않고 달리고 있다는 사실을 믿을 수 없었다. 여기에는 도대체 얼마나 많은 삶의 무게가 쌓여있는 걸까. 오늘 내가 타고 온 지하철은 매일 아침 도대체 얼마나 많은 사연과 이유를 실어 나르는 걸까. 왜 그렇게 많은 직장인이 '저녁이 있는 삶'을 바라는지, 그 작은 바람조차 빛을 잃고 마는지, 관심도 없다는 듯 도로의 차들은 모두 같은 방향으로만 달렸다.

한 달이라는 시간은 순식간에 지나서, 그동안 특별히 달라진 점은 없었다. 일을 적게 한다고 글을 더 쓴 것도 아니었다. 본격적인 겨울에 접어들어 바람이 더 차가워졌고, 회사의 주문량이 원래대로 돌아와 다시 잔업이 시작됐다. 글쓰기 모임도 계속 이어져 목요일 아침에는 변함없이 피곤한 표정으로 지하철을 탔다.

그런데 역에 내려 계단을 오르자, 평소와는 다른 색채가 보였다. 한 방향으로 걸어가는 사람들이 아닌 그들을 붙잡고 무언가를 전해주는 이들이 있었다. 사람들은 귀찮다는 듯 몸을 피하거나, 받은 전단을 금방 놓아버렸다. 의지할 곳을 잃어버린 종이는 거리를 굴러다니며 펄럭이는 소리를 냈다.

나는 의아해하며 낯선 이들이 내미는 전단을 받았다. 그 내용을 천천히 읽어보다 그만, 발걸음을 멈춰버렸다.

'위험의 외주화 중단하라'

'진상규명 및 책임자 처벌'

'더 이상 죽이지 마라'

그건 태안화력발전소에서 일어난 청년 노동자의 죽음에 대한 단체행동 전단이었다. 이미 알고 있고, 무척이나 충격을 받았던 사건이었다. 하지만 지금, 도저히 내가 이해할 수 없는 건, 너무 쉽게 그것을 놓아버리는 사람들의 손이었다.

이럴 수는 없다는 생각이 들었다. 이래서는 안 된다. 사람의 마음이, 누군가의 삶이, 그 삶을 호소하는 목소리가, 이런 식으로 버려져서는 안 되는 것이다. 기대가 있든 없든, 얼마나 살았든, 하루의 무게가 얼마나 고달팠든, 똑같은 사람의 목숨이지 않은가. 모두가 함부로 다뤄져서는 안 되는 게 아닌가. '저녁이 있는 삶'도 아닌 그냥 '삶'의 빛이라도 살려놓아야 하는 게 아닌가.

몸은 차갑게 식어있는데, 가슴 속에서 자꾸만 뜨거운 게 올라와 헛구역질이 날 것 같았다. 머리가 어지러웠다. 나를 지나치는 사람들이 어디로 가고 있는 건지, 나는 왜 여기 서 있는 건지, 무엇하나 알 수 없었다. 내가 할 수 있었던 건 그저 버려진 전단을 줍는 일이었다. 몸을 숙여 마른 낙엽처럼 흩어져 있는, 잊히고 외면되어 왔던 누군가의 삶을 하나씩, 하나씩 주워 모으는 일뿐이었다.

그건 나였을지 모른다

공감의 수준을 넘어 언제나
사건의 당사자가 될 수 있다.
지나왔던 시절이, 간절했던 마음이,
나누었고 사랑했던 온기가,
어느 날 죽음을 맞이할 수 있다.
세상에서 사라져버릴 수도 있다.

'그런데 너 대학 가는 거 별로 안 좋아하잖아. 그래서 연락하기 좀 망설였어.'

너는 그런 말을 했다. 오랜만에 연락이 닿아 서로의 근황을 나누던 중이었다. 고등학교 졸업식을 마지막으로 너와 따로 만난 적은 없었다. 곧바로 취업해서 일을 하던 나와 달리 너는 졸업 후에도 개인적으로 공부를 계속했다. 다른 친구를 통해 너의 입대 소식을 들었는데, 벌써 2년이라는 시간이 지났다.

너는 글 잘 읽고 있다며, 자신은 군대 제대 후 대학에 다니고 있다는 이야기를 했다. 수업을 듣는 틈틈이 직장 일도 하고, 부모님께 손 벌리지 않고 혼자 산다 했다. 나는 노란 말풍선을 가만히 바라보다 답장을 보냈다. 대학생을 싫어하지 않아. 그리고 혼자 생각했다. 딱히, 누구도 싫어하지 않아.

네가 보았다는 글은 아마 1월부터 이어오던 연재였을 것이다. 「교복 위에 작업복을 입었다」라는 제목으로 시작한 글. 산업기능요원으로 근무했던 경험을 토대로 청년 노동자들의 이야기를 쓰고 싶었다. 일주일에 한 편씩 원고를 보냈는데, 마감이 없었다면 그만큼 써내지 못했을 것이다. 아마 마음에 들지 않는 글을 며칠이고, 몇 개월이고 붙잡고 있지 않았을까.

글을 쓰기 시작하고 주변에서 많은 조언을 들었다. 그리고 그때마다 내가 쓰는 글이 어떤 무게감을 가지고 있는지 가늠해보아야 했다. 당사자의 입장에서 책임감 있는 글을 써야 해요. 아프고 불편해도 더 깊이 들어가야 해요. 절제하고 정리된 감정도 좋지만, 가능하면 있는 그대로 솔직하게 드러내야 해요.

외부적인 요구가 가진 색채. 저마다의 목적. 저마다의 방향. 그 다채로움 속에 나는 당황해버린다. 살아간다는 행위가 가지는 온기는 이런 것이구나. 하지만 나는 아무것도 할 수가 없어 글을 썼는데. 우리를 지나쳐 간 슬픔에 대해, 정말 아무것도 알 수 없어서, 옳고 그름의 바깥에서 모든 걸 말없이 바라보기만 했는데. 고개 돌리지 않음으로 생긴 얼룩이 언어와 닮았을 뿐인데.

너의 말이 인상 깊었던 건, 사람들이 내 글을 어떻게 읽는지 어렴풋이 알게 되어서였다. 누군가에게 내 글은, 자신을 탓하는 것처럼 느껴질지 모르겠다. 너희가 누리는 권리는 잘못됐다. 이건 불공평하다. 나는 너희가 싫다. 그렇게 들리는지 모르겠다. 비교하고, 평가하며, 잣대를 들이미는 거로 보일지 모르겠다. 어쩌면 평소 내 안에 눈치채지 못한 억울함이 있었는지 모른다.

하지만 글을 쓰는 동안 나는 그 모든 판단을 끊임없이 보류했다. 목적과 방향에 대해 고민하면서도, 여전히 쓰다 보면, 그저 투명해지고 싶다고 바라고는 했다. 나를 지워버리고, 나를 잊어버리고, 나를 지나쳐간 어떤 순간들만이 그곳에 남기를. 그건 이기적인 마음이었을까. 나는 담아둬야 하는 것들의 무게가 버거워 자꾸만 자신을 비워내려 했던 걸까.

애써 거짓말을 하려는 게 아니다. 정말로 나는, 누구도 싫어하지 않는다. 적어도 글을 쓰는 동안, 누구도 원망하지 않는다. 학교에서 은근히 나를 따돌리던 아이들도, 술에 취해 내 멱살을 잡던 회사 선배도, 좋지 않은 기억으로 지나친 사람들도, 오래 연락하지 못한 친구도, 그리고 너도. 오히려 글을 쓰는 동안 나는 모두가 된다. 경계가 사라지고 천천히 흘러 들어간다. 그런 기분이 든다.

너는 자신을 분리해서 보았는지 모르겠다. 이제 대

학생이 되었으니까. 내 글은 타인의 이야기라고 느꼈는지도 모르겠다. 하지만 우리는 같은 고등학교에 다녔다. 걱정과 불안, 미래에 대한 공포를 공유했다. 그 이야기는 누구를 위한 걸까. 나는 직장을 그만뒀지만 여전히 회사에 다녔던 이야기를 쓰고 있다. 그 이야기는 누구를 위한 걸까. '현장실습생', '산업기능요원'이라는 이름으로 포장되었지만, 결국 그들은 모두 노동자이고 언젠가는 실업자가 될 것이다. 그 이야기는 누구를 위한 걸까.

누군가는 우리가 연결되어 있다고 했다. 하지만 나는 다르게 생각한다. 시간이라는 간격을 두고, 우리는 '진짜' 서로가 될 수 있다. 공감의 수준을 넘어 언제나 사건의 당사자가 될 수 있다. 지나왔던 시절이, 간절했던 마음이, 나누었고 사랑했던 온기가, 어느 날 죽음을 맞이할 수 있다. 세상에서 사라져버릴 수도 있다.

그건 아픈 일이니까, 모두가 잊어가는 거겠지. 그래도 누군가는 기억해야 한다고 생각했다. 그런다고 변하는 건 없겠지만, 아픔도 시간을 넘어왔으니까, 이 글도 언젠가 누군가를 구할 수 있지 않을까. 회색빛으로 보이던 출근길 지하철에서, 힘없이 흔들리던 인파 사이로 마주친 마음을 닫아버린 사람의 표정. 그건 나였을지 모른다. 그건, 너였을지 모른다.

돌아보는 날들
- 너의 이야기

동생이 자기 일에 가지는 자부심을
나도 자랑스럽게 여길 수 있으면 좋겠어.
슬프고 걱정스럽기만 한 게 아니라,
같이 기뻐하고, 때로는 부러워하기도 했으면 좋겠어.
우리의 노동이 조금 더 자랑스러웠으면 좋겠어.

중학교 때까지는 태권도를 했었는데, 고등학교 진학을 준비하는 시기에 부상으로 그만두게 됐어. 그러다 보니 진로에 대해 깊게 생각할 겨를이 없었지. 학교 성적은 나쁘지 않아서 가만히 있었으면 인문계를 갔을 거야. 하지만 당시에는 운동을 그만둔 직후여서 공부에 대한 자신감이 없었어. 빨리 취업이나 하자는 생각에 혼자 특성화 고등학교를 알아보던 중 공고를 선택했던 거지.

여상을 가지 않은 이유는 단순했어. 중학교에서도 여자들 그룹에 잘 속하지 못했거든. 여자끼리만 있을 때의 분위기라던가, 무리 짓기라던가, 그런 것들에 잘 적응이 안 됐어. 가장 싫은 건 밥 먹듯이 하는 뒷담화였지. 그러다 보니 같이 있을 때 항상 내가 불편하고 피해를 보는 기분이 들더라고. 다른 이유는 없었던 것 같아. 공고가 입학 성적이 높은 편이기도 했고.

사실 공고가 뭐 하는 곳인지도 모르고 원서를 썼어. 그냥 막연히 상고 반대겠구나, 기술 배우겠구나 한 거지. 운동했을 때 남자들이랑 지내는 시간이 많았고, 몸 쓰는 일이 어색하지 않았으니까. 그래도 토목이나 건축은 무리일 것 같아서 전기과를 썼어. 집에 와서는 엄마한테 등

짝 스매시 맞았지. 얼마나 어이가 없었겠어. 그래도 그
후로는 별말 안 하셨어. 내 선택이니 알아서 하라고 존중
해주셨지. 다른 부모님이었으면 크게 싸웠을지도 모르
겠네.

학교생활은 좋았어. 전기과 신입생 중 여자는 나 혼
자라 걱정이 많았는데, 시간이 지나니까 금세 익숙해졌
어. 학교에서도 여자가 몇 명 없으니까 신경 써준 부분이
있었고. 점심시간에 식당에서 줄을 서지 않아도 된다거
나, 월 1회 생리 결석이 인정된다거나. 반에서도 다 같이
잘해보자는 분위기가 있어서 딱히 여자라고 차별받은 기
억은 없는 것 같아.

지금 생각하면 담임선생님의 영향이 컸지. 전기과
는 학년이 올라가도 반이 거의 똑같이 나뉘었는데, 덕분
에 나는 3년 내내 같은 담임선생님이었거든. 선생님은
내가 여자라는 걸 잊지 않으면서도 반 아이들이랑 분리
하거나 배제하지 않으셨어. 실습할 때도 똑같이 작업복
입고, 평가도 똑같은 조건에서 했고. '여자라서 -해야 돼'
같은 말은 한 번도 안 하셨지. 반 아이들한테도 얘는 성
별만 다를 뿐 수업 중엔 언제나 동등하게 대할 거라고 말
씀하셨어.

워낙 성격도 호쾌하고 소통도 잘하는 선생님이 중심을 잡아주니까, 반 아이들도 자연스럽게 좋은 분위기가 생겼던 거지. 하지만 졸업 후에는 애들이랑 그만큼 친하게 지내지 못하는 것 같아 아쉬워. 학교를 떠난 후에는 취업한 회사에 계속 다니는 애들도 있고, 군 복무를 하는 애들도 있고, 나처럼 대학교 진학을 선택한 애들도 있으니까. 각자 진로에 따라 관심사도 달라지고, 회사나 대학교 위치에 따라 다른 지역으로 가는 경우도 생기니 자연스럽게 멀어진 게 아닐까 싶어.

처음에는 나도 취업 준비를 했지. 공무원이나 공기업에 가려고 따로 학교에 모여서 공부하고 그랬어. 그때는 한창 고졸 채용 공고가 많이 올라왔거든. 그런데 동기부여가 전혀 안 됐어. 회사에 취업하고 내가 하게 될 일에 대해 전혀 흥미를 느끼지 못하겠더라고. 지원서를 쓸 때도 학교의 기대에 떠밀리는 느낌이 드니, 자연스럽게 그만하기로 했지.

마지막으로 생각한 게 대학이었어. 봉사활동으로 하던 청소년 참여 활동을 고등학교 2학년부터 본격적으로 시작했었고, 학교생활보다는 대외활동에 더 흥미를 느끼던 참이었어. 사실 학교에 잘 적응했다기보다는 대외활동 덕분에 크게 신경 쓰지 않았는지도 모르겠네. 그만큼 여러 활동을 많이 했어. 청소년운영위원회나 기자단, 정책 모니터링단 등. 그래서 관련된 공부를 더 해보면 어떨까 생각하게 된 거지.

청소년학과를 갈까 사회복지학과를 갈까 고민했는데, 최근에는 저출산으로 아이들이 점점 사라지고 있으니까 청소년만 전공하면 안 되겠다는 생각도 있었고, 어머니가 사회복지사로 일하고 있어서 자연스럽게 눈이 그쪽으로 간 것 같아. 무리해서 서울에 있는 대학에 온 건, 대외활동을 하면서 느낀 점이 컸어. 지금은 잘 모르겠지만 몇 년 전만 해도 부산에 청소년 대외활동이란 게 없었거든. 그러다 보니 서울에 가야 뭐든 할 수 있겠다 싶었어. 대학이 되든 안 되든 서울에 가야겠다고 마음을 굳히고 있었지.

사회는 여전히 대학을 안 가면 실패자라는 낙인이 심한 것 같아. 그걸 본인이 어떻게 받아들이느냐도 진로 선택에 중요한 부분이겠지. 이겨낼 수 있느냐, 무시할 수 있느냐, 아니면 계속 신경 쓰고 부러워하게 되느냐. 너도 알겠지만 사실 특성화 고등학교 아이들한테는 대학이 1순위가 아니잖아. 그러다 보니 시야가 한정될 수밖에 없는 거지.

현장직으로 일하고 있는 친구들은 사실 잘 못 느껴. 주변이 다 자기와 비슷한 사람들이니까. 하지만 나는 공고 출신 4년제 대학생이었잖아. 전공도 사회복지랑은 전혀 상관없는 전기과였고. 다들 당연하게 인문계 고등학교 나온 줄 알아. 공고 나왔다고 하면 당황하는 사람도 많고. 설명할 게 많다는 건, 그만큼 차별받고 있다는 거라 생각해. 아예 '그럴 수도 있다'는 생각을 안 하는 거지.

특성화 고등학교에 간다는 건 그런 가능성을 모두 염두에 두고 해야 하는 선택인 것 같아. 그런데 그러는 아이들은 거의 없지. 다들 공고에서 뭘 배우고 나와서는 무슨 일을 하는지, 상고에서 뭘 배우고 나와서 무슨 일을 하는지, 사회에서 어떤 위치에 속해서 어떤 삶을 살아가게 되는지, 전혀 모르는 막연한 상태에서 결정을 해버려. 사회에서도 아이들의 10년, 20년 이후의 장기적인 모습을 볼 수 있게 해야 하는데 그러지 않잖아. 마치 치부를 숨기듯이 말이야.

나에 대해 고민하는 만큼 가족들도 자주 생각해. 내가 사회복지를 공부하는 것도 사회복지사로 장애인 시설에서 오랫동안 근무하셨던 엄마의 영향이 컸고, 동생도 나를 따라 특성화고에 진학했으니까. 대학 진학으로 진로를 바꾼 나와 달리 동생은 현장에서 일을 하고 있어. 솔직히 말하면 위험한 일을 하고 있지. 공장도 아니고, 공사 현장에서 전기 일을 하는 노동자거든. 남들이 볼 때는 막노동이나 다를 바 없을지도 몰라. 본인도 그렇게 말하기도하고.

몇 년간 있었던 여러 청년 노동자 이슈에 대해 함부로 말하지 못했던 건, 동생 때문이었어. 다른 사건에 대해서는 고민하고 글을 쓰기도 했는데 유독 청년 노동자 이슈에는 용기를 내지 못했어. 무섭더라고. 피해자들에게도 가족이 있을 텐데. 그들은 지금 얼마나 가슴이 무너져 내릴까. 그들의 아픔이 나의 아픔이 될 수도 있다는 생각을 하는 게 무서웠어. 뉴스에 보도되는 사건 사고들이, 나에게는 남의 일이 아니었던 거지.

한 번은 진지하게 대학에 가는 게 어떻겠냐는 말을 했어. 그런데 동생은 현장에 남아있겠다 하더라고. 일찍 일을 시작한 만큼 빨리 승진해서 자리 잡는 게 목표래.

기특한데, 엄마랑 나는 걱정이 되지. 동생이 항상 메고 다니는 가방이 있거든. 안전모랑 작업화, 공구가 들어 있는 가방인데, 그걸 보면 찡한 마음이 들어. 동생은 저 가방에 의지하고 있구나 싶어서. 동생을 지켜줄 만큼 저 안전모는 튼튼할까. 안전화는 꼭 맞을까. 몇 번이나 생각해보고는 해.

가끔 동생이랑 이야기하다 보면, 오늘은 어디 공사 현장에 다녀왔다, 저기 세워진 전봇대 내가 작업했다, 뿌듯하게 말할 때가 있어. 그러면 애틋한 마음이 드는데, 그게 참 싫어. 동생이 자기 일에 가지는 자부심을 나도 자랑스럽게 여길 수 있으면 좋겠어. 슬프고 걱정스럽기만 한 게 아니라, 같이 기뻐하고, 때로는 부러워하기도 했으면 좋겠어. 우리의 노동이 조금 더 자랑스러웠으면 좋겠어.

석사 과정이 끝나면 부산에 내려올 거야. 청소년이 있는 곳에서 직접 그들과 만나고 싶어. 현장에서 문제가 있다고 생각하는 것들을 눈으로 확인하고 박사 과정을 마저 하면 좋을 것 같아. 사회복지는 현장이 열악한 경우가 많거든. 어머니가 일하시는 장애인 생활 시설도 인력

고용이나 근무환경이 좀처럼 개선되지 않나 봐. 이제는 나도 같은 분야의 구성원이 되었으니까, 그런 문제들에 목소리를 더하고 싶어. 최종적으로는 현장 경험을 반영할 수 있는 정책 연구원이 되는 게 목표야.

　내 이야기가 비슷한 상황을 겪고 있는 누군가에게 도움이 될 수 있다면 다행일 텐데, 어떨지 모르겠네. 확실한 건, 나는 특성화 고등학교를 나온 게 부끄럽지도 않고, 대학에 왔다고 다른 친구들보다 낫다고 생각하지도 않아. 사람마다 장점이 다르고 본인의 색깔을 나타낼 수 있는 일을 하면 그만이니까. 혹시나 도중에 목표하는바가 바뀐다고 해도 스스로 인생에 낙인을 찍지는 않았으면 해. 조금 돌아가면, 그걸로 그만이니까.

2020. 8. 31. 여름의 끝자락에서,

S(숭실대학교 일반대학원 재학)

죽음은 일상과 무관하지 않았다

어쩌면 사회적 거리두기 기간
한 번쯤 주문했을 배달음식이,
생필품을 마련하기 위한 택배가,
자신도 모르는 새에 쓰러지는
도미노의 속력을 더한 건 아니었을까.
그제야 사건의 무게를 실감했다.
누군가의 죽음은 나의 일상과 무관하지 않았다.

E가 SNS에 올린 아버지의 부고 소식을 확인한 건 일을 마치고 카페에서 막 글을 쓰기 시작할 무렵이었다. 나는 급히 게시물이 올라온 시간과 내용을 살폈다. 발인은 내일인 듯했다. 장례식장은 대중교통으로 1시간이 넘는 거리에 있었다. 나는 곧바로 자리에서 일어난 후 집으로 돌아가 흰 셔츠와 양복을 갖춰 입었다. 지금 출발하면 9시 전에 도착할 수 있을 것 같았다.

장례식장에 들어서니 상복을 입은 E의 모습이 보였다. 그는 벽에 기대어 쉬고 있다가 나를 보고는 다소 놀란 표정을 지었다. 가족분들께 먼저 인사를 드리고, 영좌에 들어가 절을 했다. 연락이라도 하고 오지 그랬냐. 전화할까 하다가 바로 왔는데 너무 늦게 온 건 아닌지 모르겠네. 늦기는 뭐가 늦냐, 고맙다 진짜. E는 반갑게 웃어 보였지만 지친 기색이 역력했다.

뇌졸중으로 가셨어. 자리에 앉은 그는 담담하게 아버지 이야기를 했다. 원래는 3월에 수술받기로 했었는데 코로나 때문에 병실이 없어서 점점 늦어졌거든. 의사가 더 이상 미루면 안 된다고 수술 날짜 잡았는데, 3일 전에 돌아가시더라. 해야 할 말을 찾지 못한 나는 말없이 소주를 마셨다. 그리고 어느새 비어버린 E의 잔을 채워주었

다. '코로나'라니. 주변에서 흔히 들리던 단어가 이곳에
선 전혀 다른 무게를 가지고 있었다.

　한동안은 어디를 가도 코로나19에 대한 소식을 접
할 수 있었다. 혼란스러운 계절이었다. 대구를 중심으로
본격적인 국내 감염이 시작된 2월부터 하루하루 늘어나
는 확진자 수가 뉴스 메인을 장식했다. 500명, 1,000명,
3,000명, 10,000명……. 휴대폰에서는 확진자의 동선을
알리는 재난 문자가 쉴 새 없이 울렸다.

　사람들의 일상도 예전과 같을 수 없었다. 전국적으
로 시행된 사회적 거리두기로 학교의 개학이 미뤄졌다.
재택근무를 하는 회사가 많아지고, 수많은 모임과 행사
가 취소됐다. 주말이면 늦은 시간까지 불을 밝히던 시내
에는 사람들의 발길이 끊겨 적막한 정적이 흘렀다. 어디
에나 확진자가 있을 수 있다. 자신도 언제든지 감염될 수
있다. 그러한 공포가 사람들의 생활 깊숙한 곳까지 스며
들었다. 마스크 착용은 이미 선택이 아닌 필수였다.

　실재하는 두려움은 모두가 작은 불편과 귀찮음을
기꺼이 감수하도록 했다. 하지만 코로나 시국이 장기화
함에 따라 사람들의 피로도 함께 쌓여갔다. 이따금 들려

오는 대규모 감염 소식은 누적된 피로를 분노로 바꾸었다. 사태의 심각성을 전혀 이해하지 못한다는 말이, 다른 이들의 희생을 기억하라는 말이, 이기적이라는 말이, 감염의 원인을 제공했던 누군가를 향해 날을 세웠다.

물론 그런 소식이 들릴 때면 나도 맥이 풀렸다. 되도록 집에서 여가를 보내고, 외출을 해도 최소한의 볼일만 보고 돌아오는 날들에 질리던 참이었다. 한편으로는 이렇게 많은 사람이 자발적으로 규칙을 준수하고 자정하는 모습이 신기하기도 했다. 마스크를 쓰고 인적이 드문 거리를 걷다 보면 모두가, 각자의 방식으로 거대한 사건의 한가운데를 지나고 있다는 생각이 들었다.

하지만 돌이켜보면 그건 반쪽짜리 감각이 아니었을까. 코로나 사태의 한가운데서 무슨 일이 일어나고 있는지, 나를 포함한 대부분의 사람은 실감하지 못하고 있었던 게 아닐까. 현장에서 밀려드는 환자를 직접 관리하고 치료하는 의료진만큼이나, 재난과도 같은 바이러스의 감염에서 도망갈 수 없는 이들이 있었다. 아프다고 쉴 수 없고, 불안하다고 집에만 있을 수 없는 이들이 있었다.

'쿠팡 부천물류센터'에서 집단 감염이 발생했을 때,

확진자의 대부분은 일용직 노동자였다. 하루 일해서 그날 수당으로 생계를 유지하는 이들은 정상 출근하라는 회사의 압박을 벗어날 수 없었다. 당일 근무를 취소하거나 무단결근을 할 경우에는 페널티를 받았다. 재택근무가 가능한 조건도 아니었기 때문에 수많은 노동자가 위험을 무릅쓰고 현장으로 나와야 했다.

하지만 회사는 최소한의 방역수칙조차 준수하지 않았다. 앞선 근무조가 사용했던 방한복은 아무런 조치 없이 밀폐된 탈의실에 걸려 있다가, 다음 근무조가 그대로 착용했다. 작업화를 소독하는 살균 신발장에는 전원이 빠져있었다. 심지어 방역 당국으로부터 통보받은 코로나 확진자 발생을 의도적으로 숨기고 작업을 강행했다.

실수가 아니었다. 부주의에 의한 사고도 아니었다. 삶을 이어가기 위해 노동 현장에 나온 이들이 회사로부터 당한 산업재해였고, 노동자는 물론 가족과 주변 사람들까지 위험에 빠트린 고의적인 가해행위였다. 누군가의 이득을 위해 그들은 사회가 보장해야 하는 최소한의 안전망 밖으로 밀려 나갔다.

사건의 한가운데에는 언제나 더 약하고, 더 아픈 사

람들이 있었다. 집단감염이 발생하면 병원에서는 코로나 확진자를 감당하기 위해 다른 환자의 우선순위를 미뤄둘 수밖에 없었다. 마치 넘어지기 시작한 도미노 게임처럼 위험은 계속해서 다른 누군가에게 전가됐다. 그 과정에서 얼마나 많은 삶이 무너졌을까. 나는 상상하는 것조차 버거웠다.

'코로나 때문이다'는 말은 의미가 없었다. 이미 위태롭게 유지되던 구조가 전염병 확산을 계기로 드러났을 뿐이었다. 어쩌면 사회적 거리두기 기간 한 번쯤 주문했을 배달음식이, 생필품을 마련하기 위한 택배가, 자신도 모르는 새에 쓰러지는 도미노의 속력을 더한 건 아니었을까. 그제야 사건의 무게를 실감했다. 누군가의 죽음은 나의 일상과 무관하지 않았다.

예정보다 빨리 일자리를 알아봐야 할 것 같아. 세 병째 소주를 가져오며 E가 말했다. 회사를 그만두고 들어간 폴리텍대학을 아직 졸업하지 못했지만 휴학을 해서라도 돈을 벌 거라 했다. 아버지가 없으니까 집에 돈 벌 사람이 없더라고. 어머니도 충격 많이 받으셨으니까 잠시라도 내가 도와드려야지. 그는 습관적으로 소주잔을 내게 내밀었다가 이내 고개를 저었다. 아, 건배하는 거 아니지. 미안, 정신이 하나도 없네.

자정이 가까워지자 E의 다른 친구들이 찾아왔다. 내일 아버지를 화장터로 모시는 걸 도와줄 친구들이라 했다. 조문객이 모두 돌아간 텅 빈 장례식장의 분위기가 그들 덕분에 한층 부드러워졌다. 나는 이제 돌아야겠네. E는 택시 타는 곳까지 데려다주겠다며 급히 슬리퍼를 신었다. 나는 그를 만류하며 아버님 곁에 조금이라도 더 있으라고 했다. E는 잠시 머뭇거리다, 이윽고 옅은 미소를 지었다. 고맙다, 진짜.

장례식장 밖으로 나오니 주변이 고요했다. 가끔 도로를 오가는 자동차의 헤드라이트를 제외하면 자극적인 불빛이 없었다. 지나가는 사람도 보이지 않아서, 나는 마스크를 벗고 깊게 숨을 들이마셨다. 그리고 정신이 하나도 없다, 는 E의 중얼거림을 떠올렸다. 아버지의 갑작스러운 죽음도, 사망신고나 시신 운반도, 장례를 준비하고 문상객을 맞이하는 일도, 그에게는 모두 낯설고 힘들었을 것이다.

이 시기를 잘 넘기면 괜찮을까. 위태로운 구조 속에서, 우리는 무사할 수 있을까. 무너지지 않을 수 있을까.

'코로나'라는 단어를 들을 때마다 E는 아버지의 얼굴을 떠올릴 텐데. 멀리 빈 차가 보여 손을 들었다. 택시는 속도를 줄이며 점점 가까워졌다. 순간 어디선가 보았던 말이, 기억하라는 말이, 이기적이라는 말이, 다가오는 헤드라이트 불빛에 반사되어 날을 세웠다. 일상을 저미는 시린 말들이.

여전히 부끄러운 하루

무언가를 달라고 기도하지는 않았다.
용기나, 지혜나, 인정이나 자격을 얻길 바라지 않았다.
다만 하나만 가져가 주기를.
가져가서 다시는 돌려주지 않기를.
옳은 일을 할 때, 억울함이 없게.
유독 쓸쓸하게 느껴지는 서울의 밤 가운데서,
누군가는 울고, 누군가는 잠 못 이루는 도시의 어딘가에서,
나는 몇 번이나 그런 기도를 마음에 새겼다.

비행기가 이륙할 때는 이미 잠들어 있었다. 오랫동안 참아왔던 졸음이 쏟아졌다. 기압의 차이 때문에 눈꺼풀이 더 무겁게 느껴지는 것인지도 몰랐다. 짧은 비행을 하는 동안 꿈을 꾼 것 같은데, 눈을 떴을 때는 하나도 기억나지 않았다. 다만 힘을 주고 있었는지 손 언저리에 희미하게 통증이 남았다.

김포 공항 밖으로 나오니 햇살이 뜨거웠다. 오후는 더울 것 같네. 혼자 중얼거리며 휴대폰으로 목적지까지 가는 교통편을 살펴보았다. 공항철도를 타고 공덕역으로 가는 게 가장 빠르다고 했다. 서울 지리를 잘 아는 것도 아니었기에 나는 휴대폰 지도에 의지해 천천히 발걸음을 내디뎠다.

『알지 못하는 아이의 죽음』1주년 북토크가 열린다는 공지를 확인한 게 2주 전이었다. 책의 저자인 은유 작가님과 故 김동준 어머니 강석경 선생님께서 행사에 참여하신다고 했다. 코로나19로 인해 신청자 중에서도 제한된 인원만을 초대한다는 글을 보며, 안내에 따라 이름과 연락처를 기재했다. 그리고 긴 시간을 들여 신청이유를 썼다.

청년 노동자에 관한 글을 쓰면서 꼭 한 번은 두 분의

이야기를 들어보고 싶었다. 나를 비껴갔던 아픔에 대해, 남아 있는 이들의 슬픔에 대해, 그럼에도 이어지는 삶에 대해. 나는 도대체 무엇을 쓸 수 있을까. 정말로 내가 써도 괜찮은 걸까. 지난 시간 끊임없이 자신을 괴롭히던 질문을 품에 안고 연락을 기다렸다. 막연히 어떤 해답을 바랐는지도 모르겠다.

공덕역에 도착한 후에도 행사 시간까지는 한참 여유가 있었다. 나는 목적지까지 일부러 먼 길을 돌아가며 주변 풍경을 바라보았다. 큰 도로 양옆으로 빌딩이 늘어서 있고, 그 뒤로는 상가 건물이 이어져 번잡한 느낌이 들었다. 늦은 오후가 되도 식지 않는 여름 태양이 도시를 밝은색으로 물들였다. 때때로 양복을 입는 직장인들이 바쁜 걸음으로 주변을 지나쳐갔다.

낯선 거리를 따라, 골목 몇 개를 굽이돌아, 행사가 열리는 장소까지 걸었다. 두 갈래로 나뉘는 길이 다시 하나가 되는 언덕 중간에 카페가 자리하고 있었다. 입구에서는 『알지 못하는 아이의 죽음』 1주년 북토크 포스터가 스탠드로 고정된 채 단정히 손님들을 맞이했다. 오랜 걸음으로 가빠진 숨을 고르는데, 심장 박동은 시간이 지나도 전혀 줄어들지 않았다. 커피를 주문하는 동안에도, 2층으로 올라가는 동안에도, 계속해서 무언가 마음을 두드리고 있었다.

사실은, 글을 쓰면 더 이상 부끄럽지 않을 줄 알았다. 내가 할 수 있는 일은 이것밖에 없으니까. 나는 최선을 다하고 있으니까. 누군가 인정해주지 않아도 스스로 납득할 수 있을 줄 알았다. 자신이 하고 있는 일에 대해 조금은 당당히 말할 수 있을 줄 알았다. 하지만 행사가 시작되고 그 자리에 있는 동안, 나는 여전히 부끄러웠다.

"도망가고 싶을 땐 카페에서 비싼 디저트를 시켰다"는 은유 작가님의 웃음에, "아들 이야기를 할 수 있어서 행복하다"는 강석경 선생님의 미소에, 나는 앉아 있는 것조차 버거운 감정을 느꼈다. 너는 뭐가 그렇게 괴로웠나. 품에 가득 안고 온 질문 하나하나가 부끄러워 제대로 고개조차 들지 못했다. 할 수만 있다면 그 자리에서 자신을 지워버리고 싶었다.

처음 글을 쓰고자 했을 때 나는 화가 나 있었다. '너는 뭐가 그리 잘났냐' 묻는 이들에게 이게 당연한 거라고, 저게 옳은 일이라고 악에 받쳐 대답하고 싶었다. 하지만 지금은 아무 말도 할 수 없을 것 같았다. 그들의 말이 옳았다. 나는 한 번도 충분히 아파하지 못했다. 자격을 묻는다면, 나에게 있을 리 없다. 어쩌면 누구에게도, 그런 게 있을 리 없다. 그저 도저히 담아둘 수 없는 감정이 있는 게 아닐까. 어떠한 형태로든 세상에 쏟아내야 하는 마음이 있는 게 아닐까.

행사 끝에 서명을 받으면서, 책이 나오면 연락드려도 괜찮을지 물었다. 두 분 모두 꼭 알려 달라며 나를 마주 보고 한 번 더 웃어주셨다. 무언가를 더 말하려 했는데, 꼭 묻고 싶은 것들이 있었는데, 나는 서둘러 발걸음을 돌려버렸다. 이미 어두워진 거리에 온기가 남았다. 단순히 여름의 잔향은 아니었다. 그보다 더 깊은 향연이, 내가 벗어난 공간에서부터 피어오르고 있었다.

그제야 알게 된 건, 아마도 이 감정은 평생 나를 따라다닐 거라는 사실. 적어도 글을 쓰는 동안 나는 끊임없이 부끄럽고, 작아지고, 약해지며, 때로는 한없이 투명해질 거라는 사실. 그리고 그게 싫지 않다고, 괴롭지 않다고, 오히려 이 감정을 소중히 여기며 살아가야겠다는 생각이 들었다. 앞으로도 글을 쓰자. 계속 이렇게 살자. 무슨 일이 있어도 그 전으로 돌아가지는 말자.

신세를 지기로 한 친구 집으로 가는 버스에서 오랜만에 손을 모으고 눈을 감았다. 무언가를 달라고 기도하지는 않았다. 용기나, 지혜나, 인정이나 자격을 얻길 바라지 않았다. 다만 하나만 가져가 주기를. 가져가서 다시는 돌려주지 않기를. 옳은 일을 할 때, 억울함이 없게. 유독 쓸쓸하게 느껴지는 서울의 밤 가운데서, 누군가는 울고, 누군가는 잠 못 이루는 도시의 어딘가에서, 나는 몇 번이나 그런 기도를 마음에 새겼다.

이름에게

사회에서는 내가 어떤 사람인지보다,
어디에 있는지가 더 중요했다.
회사, 직위, 직업, 또는 속해있는 집단으로 구분되어야 했다.
모두가 당연하다는 듯 우리를 뭉그러트렸다.
누구도 A처럼 절반의 이름이라도 외우기 위해
노력해주지 않았다.

꿈에서도 그리운 목소리는

이름 불러도 대답을 하지 않아

글썽이는 그 메아리만 돌아와

그 소리를 나 혼자서 들어

깨어질 듯이 차가워도

이번에는 결코 놓지 않을게

아득히 멀어진 그날의 두 손을

가수 아이유의 노래를 자주 듣게 된 건, 친구의 추천으로 보게 된 영상 때문이었다. 시상식 무대에서 불렀다는 〈이름에게〉 라이브. 잔잔한 피아노 반주로 시작되는 무대는 처음엔 하얀 드레스를 입은 아이유만 눈에 들어왔지만, 이윽고 신인 가수, 전문 코러스, 버스킹 가수 등 무명 음악인들이 노래를 이어받았다. 그들이 화면에 잡힐 때마다 잠시 무(無)에서 벗어난 이름이 세상으로 떠올랐다 사라졌다.

노래가 절정으로 다가서자 무대가 순간 밝아지고, 60여 명의 일반인 합창단이 웅장한 하모니를 만들었다. 그리고 쏟아지던 이름들. 마치 은하수가 흘러가듯, 화면을 가득 채우는 한 명 한 명의 이름이 별처럼 반짝이고 있었다. 그 빛 가운데로 개개인에 대한 애정이 드러나서였을까, 영상이 끝날 즈음 나는 이미 그의 팬이 되어 있었다.

〈이름에게〉를 듣다 보면 떠오르는 풍경이 있다. 신발과 나무 바닥이 마찰하며 내는 끼익-하는 소리. 희미한 먼지 냄새. 농구공이 튈 때마다 느껴지던 떨림과 내뱉은 숨의 열기. 그리고 밝은 표정으로 뛰어다니던 A. 체육관에서 다른 운동을 하던 아이들도 있었던 것 같은데 왜인지 별로 기억이 나지 않고, 코트를 가득 채우며 농구를 하던 모습만 유독 생생하게 떠오른다. 아마 실내에서 여럿이 함께 할 수 있는 운동이 많지 않아서였을 것이다.

일요일 저녁은 주말 동안 집에 있던 아이들이 기숙사로 돌아오는 시간이었다. 복도 너머로 들리는 인기척은 때때로 거칠게 방문을 두드렸다. 두 개의 기숙사 건물에서 천 명 가까이 되는 고등학생 남자아이들이 함께 살았으니, 각자의 생활이 넘치다 못해 폭발할 지경인 건 어쩌면 당연한 일이었다.

그래서 학교는 체육관을 개방해두었는지도 모르겠다. 높은 천장 끝에 달린 조명들이 켜지면 일찍 기숙사로 들어온 아이들이 하나둘 모이기 시작했다. 처음에는 골대 하나에서 몸을 풀다 사람이 늘어나면 5:5로 시합을 했다. 나중에는 옆 코트도 가득 차서 7:7이나 8:8로 사람을 맞추기도 했다. 무작위로 모이는 아이 중에는 눈에 익은 얼굴도 있었지만, 학년이나 과가 달라 처음 보는 아이들도 많았다.

하지만 팀을 나누고 뛰다 보면 어색함은 금세 사라졌다. 후덥지근한 공기가 가득 찬 체육관은 용광로 같았다. 서로를 가로막던 벽이 허물어지고, 의사소통에 필요한 모든 게 단순한 형태로 변하는 기분이었다. 농구를 할 때는 내가 어떤 사람인지보다, 내가 어디에 있는지가 더 중요했다. 그래야 패스를 주고 득점을 할 수 있으니까.

A는 그런 와중에도 꼭 뛰어다니는 한 명 한 명에게 이름을 묻고는 했다. 농구 실력도 수준급이었던 그는 긴 팔다리로 재빠르게 상대를 지나치고, 슛이 들어가지 않을 때면 짜증 대신 가벼운 농담을 던졌다. 그리고 처음 보는 사람이 있으면 어김없이 이름을 물었다. 일요일 저

녁에 체육관으로 나오는 아이들은 학년과 학과에 관계없이 모두 A의 친구가 되는 것 같았다.

한 번은 샤워실에서 마주친 그에게 장난삼아 물어본 적이 있다. 애들 이름을 너무 열심히 외우는 거 아니냐고. A는 웃으며 열심히 외우는 게 맞다고 했다. 졸업 전까지 전교생 이름 절반 외우는 게 목표야. 이름을? 응, 이렇게 가까이 있는데 서로 이름도 모르고 지나치면 아깝잖아. 나는 그 표현이 재미있으면서도 조금 어이없다고 생각했다. 아깝다니, 오히려 너무 가까워서 노이로제가 걸릴 지경인데.

전교생이 900명이었으니까, A가 목표를 달성하려면 450명의 이름을 외워야 했다, 하지만 그는 단순히 이름만 외우는 게 다가 아니라고 했다. 당연히 얘기도 나누고 친하게 지내야지! 한 명 한 명의 이야기를 듣고 관계하는 게 더 중요하다. 그렇다면 A의 목표는 훨씬 더 달성하기 어려워지는 셈이었다.

나는 혀를 내두르면서도, 한편으로 나라면 몇 명의 이름을 외울 수 있을지 생각해보았다. A처럼 붙임성이 좋은 건 아니었지만, 동아리나 학생회 활동을 하고 있으니 마주치는 사람이 많았다. 학년의 절반 정도는 가능하지 않을까. 그러면 졸업 전까지 150명의 이름을 외워야 겠다고, 나는 샤워실을 나오면 혼자 생각했다.

하지만 단순히 150, 450, 900이라는 숫자와 그 숫자 가 뜻하는 사람의 질량은 전혀 달랐다. 가끔 학교 행사를 위해 전교생이 체육관에 모여 있을 때면 그런 차이를 더 실감 나게 느끼고는 했다. 농구공을 따라 쉴 틈 없이 뛰 어다니던 넓은 공간이, 빽빽하게 들어찬 아이들로 답답 하게 보일 정도였다.

나는 그런 단체 행사마다 유독 공허한 기분이 들고 는 했는데, 행사 자체보다는 으레 듣게 되는 누군가의 일 장 연설 때문이었다. 누군가는 주로 저명한 외부인사인 경우가 많았다. 내빈석에 앉아계신 어디 은행 지부장님, 어느 기업 대표님, 어떤 단체 이사장님이 연단 위에서 마 이크를 잡았다.

존경하는 부산기계공업고등학교 재학생 여러분. 미 래의 마이스터 여러분. 이 시대의 산업역군 여러분. 여 러분여러분여러분…… . 연설이 시작되면 체육관은 용광 로처럼 변했다. 실제로 더워지거나 열이 나는 건 아니었 다. 단지 거기에는 구체성이 없었다. 형태가 허물어지고 단순하게 뭉쳐진 익명성만이 그곳에 남았다. 아무리 좋은 이야기라도, 허공에 흩어진 말들은 개인에게 닿지 못한 채 금세 무(無)로 되돌아갔다.

물론 어쩔 수 없는 일이었을 것이다. 누구라도 전교생의 이름을 하나하나 불러줄 수는 없을 테니까. 천 명에 가까운 인원이 기숙사에서 생활하거나 큰 행사를 치르기 위해선 통제가 필요하고, 때로는 개개인의 사정이 지워지는 경우도 있었다. 모두의 이야기를 듣고, 모두와 관계하며 살아가는 일은 불가능 한 것이다.

그럼에도 기억의 한 편이 공허한 이유는 아마, 시간이 지나면서 개인으로 남아있는 게 점점 힘들어지기 때문은 아니었을까. 사회에서는 내가 어떤 사람인지보다, 어디에 있는지가 더 중요했다. 회사, 직위, 직업, 또는 속해있는 집단으로 구분되어야 했다. 모두가 당연하다는 듯 우리를 뭉그러트렸다. 누구도 A처럼 절반의 이름이라도 외우기 위해 노력해주지 않았다.

수없이 잃었던 춥고 모진 날 사이로

조용히 잊혀진 네 이름을 알아

멈추지 않을게 몇 번이라도 외칠게

믿을 수 없도록 멀어도

가자 이 새벽이 끝나는 곳으로

사람들이 〈이름에게〉를 들으면서 위로를 받는 건, 그 노래가 모든 익명의 존재에게 다가가는 큰 이야기인 동시에 보이지 않던 작은 개인을 떠오르게 하기 때문일 것이다. '깨어질 듯이 차가워도', '에어질 듯이 아파와도', 결코 잊지 않겠다는 다짐으로 그들에게 손을 뻗는다. A도 그런 마음으로 누군가의 이름을 물었을 것이다.

그는 자신의 목표를 달성했을까. 450명의 이야기를 듣고 그들과 친구가 되었을까. 나는 150명의 이름을 외웠나. 결국 확인하지 못한 채 시간은 흘러가 버렸다. 일상이라는 파도 속에 자세히 들여다보지 못한 이야기가 금세 형태를 잃어버리고 무(無)에 잠겼다. 몇몇 기억만이 밤하늘에 떠오른 드문 별빛처럼 그 자리에서 반짝이고 있을 뿐이다.

그 희미한 빛에 의지해서 나는 가끔, '사건'이란 용광로에 빠진 이름을 비춰보고는 한다. 매년 산업 현장에서 꺼져가는 2,000여 명의 이름. 바다에서 돌아오지 못한 304명의 이름. 때로는 별자리가 되어 누군가의 미래를 밝히는 이름. 노이로제가 걸릴 정도로 가까웠던, 숫자가 표현하지 못한 삶의 질량을 생각한다. 어쩌면 그래서 매일같이 마음이 무거워지는지도 모르겠다.

글을 쓸수록 약해진다

글을 쓸수록 약해진다. 점점 작아진다.
자신에 대한 믿음 따위는 어디에도 없고,
누군가 내게 남기고 간 상처만을 계속해서 되새기게 될 뿐이다.
그러다 자신이 타인에게 준 상처를 발견하게 될 뿐이다.

열여덟 살 겨울이었나, 몹시 추운 바람이 부는 날이었다. 밤하늘에 하나둘 떠 있던 별빛과 눈이 부어서였는지는 모르지만 의심 없이 소주를 계산해주었던 편의점 직원의 얼굴이 기억에 남는다. 그 뒤로는 조금 흐릿하다. 그냥 많이 울었던 것 같다. 사람이 참 무섭고, 그 무서움만큼이나 스스로가 싫어지던 밤이었다.

아무렇지 않은 척하고 싶어서 조금 걷다 집으로 돌아오니 벌써 자정이 넘어 있었다. 술 마셨나? 아직 깨어 있던 어머니가 물었다. 어떻게 알았어요? 너희 아빠 마시는 거 한두 번 봤나. 어머니는 무던한 말투로 대답하고는 길게 하품을 하셨다. 안방 불은 꺼져있었다. 언젠가 아버지도 나처럼 술 냄새를 없애려 일없이 길을 걷다 들어온 날이 있었을까. 그때 아버지는 어떤 생각을 하고 계셨을까.

기분 나쁠 때 술 먹는 거 아니다. 어머니는 그 말을 남기고 방으로 들어가셨다. 돌아오지 않는 아들 걱정에 깨어계셨을 텐데, 더 이상 아무것도 묻지 않는 어머니가 고마웠다. 혼자 남겨진 긴 새벽을 견딜 수 있었던 건 소주의 취기보다는 그런 한 줌의 다정함 덕분이었다.

그 뒤로는 힘든 일이 있을 때 술이나 담배를 먼저 생각하지 않았다. 대신 계속해서 무언가를 썼다. 학교 기숙사에서 쓰던 일기. 회사에 입사하고 만든 업무일지. 스무 살에 처음으로 노트북을 사고 쓰기 시작한 조각 글과 감상. 바탕화면 한쪽 파일에 차곡차곡 쌓이던 소설과 수필.

글을 쓰다 보면 확신이 생겼다. 뭔가, 흩어져있던 감정이 조금은 올곧아지고, 내게 주어진 시간을 제대로 살고 있다는 기분이 들었다. 한 편의 글을 완성한 후에는 스스로가 전보다 더 견고하고 강해진 것 같았다.

그래도 울적한 기분이 계속되는 날에는 해야 할 일을 팽개쳐놓고 책을 읽었다. 좋아하는 애니메이션이나 영화를 돌려보기도 했다. 산책을 나와서 무작정 뛰거나, 음악을 틀어놓고 가만히 누워있기도 했다. 그러면 끈질기게 나를 붙잡고 있던 우울함도 반드시 지나갔다. 계절이 바뀌듯 감정의 기복은 사라지고, 다시 글을 쓸 수 있는 날들로 돌아왔다.

나에게는 여행도 일탈도 필요하지 않았다. 그저 견고하고 일상적인 하루, 그것만 있다면 어떤 어려움도 이겨낼 수 있었다. 그래서 나는 주말이면 도시의 거리를 헤매는 저 수많은 사람을 이해하지 못했다. 잠깐의 유흥과 즐거움은 의미가 없는 것 같았다. 좀 더 생산적인 일들을 할 수 있지 않을까. 자신을 들여다보고, 자신이 진심으로 좋아하는 일에 몰두할 수 있지 않을까.

　오랜만에 친구를 만나러 가서도 나는 언제나 충고를 하는 입장이었다. 특히나 대학을 다니는 아이들에게는 더했다. 그들이 가지고 있는 다양한 고민, 이를테면 과제나 성적, 동아리나 학생회, 그 속에서 일어나는 인간 군상과 크고 작은 사건들이 나에게는 그저 과분한 이야기로 들릴 뿐이었다.

　시간이 없다는 건 변명이라고 생각해. 나는 하루에 12시간씩 공장에 있어. 사무실에 앉아 있는 게 아니라 기계 돌리고 철 깎는다고. 그리고 퇴근하고 글 쓰는 거야. 돈? 벌지. 근데 내가 집에 보낸 돈이 얼만 줄은 알아? 삼천이야. 삼천만 원이라고. 네가 장학금 받았다고 열심히 산다고 생각할 때 나는 ATM 앞에서 그 돈을 보내고 있었어. 한 번에 육백까지밖에 안 보내지는데, 그렇게 몇 번씩 돈을 보내며 서 있으면 기분 진짜 별로야. 그래도 안 억울해. 어쩌겠어. 덕분에 더 당당하게 하고 싶은 거 해.

처음에는 친구들의 이야기로 시작한 대화가, 몇 잔 술이 들어가기 시작하면 점점 나의 목소리로 채워져 갔다. 술이 더 들어가면 그건 더 이상 대화라고 부를 수 없었다. 공감이 없었고, 이해가 없었다. 주고받는 게 아니라 일방적으로 상대방에게 의견을 떠넘기고 있을 뿐이었다.

나는 왜 그리도 가혹했던 걸까. 씁쓸한 표정으로 점점 말을 잃어버리는 친구들의 모습을 보면서, 나는 스스로의 삶을 증명하려 했는지도 모른다. 삶이란 본디 이렇게 살아야 한다고. 살아가야 한다고. 고독한 수행자가 되어 묵묵히 시간을 견뎌내야만 한다고. 나의 목소리는 하나의 믿음이자 전도였고, 동시에 우스울 정도로 허황된 우상이었다.

자신의 자존감은 알아서 지키라니, 그런 건 잔인한 말이었는데. 세상은 아주 작은 흠집만 보여도 그곳으로 감정을 몰고 가서는 마음을 깨트리고 힘겹게 지켜오던 것들을 남김없이 빼앗아갔다. 나는 그저 운이 좋았을 뿐이었다. 아니, 그저 열심히 살아야 하는 상황에 던져진 것뿐이었다. 간신히 어려움을 이겨낼 만한 환경이 마련되어 있을 뿐이었다. 그곳에서 벗어나자 견고하다고 생각했던 나의 믿음은 순식간에 무너져 내렸다.

회사를 그만두고 새로운 일을 시작했지만, 아무리 열심히 해도 불안한 미래를 마주해야만 했다. 돈이 없어 서울에 있는 여자친구를 만나러 가기 망설였을 때는 자괴감까지 들었다. 수많은 기회가 찾아왔지만 머리를 짓누르는 부담감에 무엇 하나 제대로 해낼 수 없었다. 관심을 가져준 출판사에 원고를 보내지 못하고 지나간 밤엔 책상에 엎드려 한참을 소리 없이 울었다.

나는 매일 같이 무너졌다. 부서지고 깨지고 흩어졌다. 그럴수록 나는 더욱 날카롭고 위험한 사람이 되었을 것이다. 무엇보다 견디기 힘들었던 건, 내가 최선을 다해서 살아낸 순간들이 결국엔 누군가를 아프게 했다는 사실이었다. 삶의 퇴적물 같은 것들이, 나도 모르는 새에 쌓여서, 내가 원하지 않았던 나의 모습을 만들어 간다는 사실이었다.

내가 할 수 있는 유일한 일은 글을 쓰는 거였는데, 이제 그마저 제대로 할 수 없을 것만 같았다. 확신을 잃어버린 글은 원망과 투정으로 가득했다. 문장 하나하나에 날이 서 있었다. 마치 누군가를 헤치기 위해 준비된 물건처럼. 나는 그 모습을 차마 똑바로 바라보지 못하고 고개를 돌렸다.

글을 쓸수록 약해진다. 점점 작아진다. 자신에 대한 믿음 따위는 어디에도 없고, 누군가 내게 남기고 간 상처만을 계속해서 되새기게 될 뿐이다. 그러다 자신이 타인에게 준 상처를 발견하게 될 뿐이다. 쓰지 않았다면 모르고 지나칠 수 있었을까. 그건 좋은 일일까. 적어도 15시간 동안 일을 하고 책상에서 잠이 드는 일에 죄책감을 느끼지 않아도 괜찮았을 것이다. 사랑하는 사람과 함께 있는 동안 피곤한 표정을 짓지 않아도 괜찮았을 것이다.

그런데, 그럼에도, 그 모든 이유에도 불구하고 내가 쓰는 이유는, 어쩌면 글쓰기가 그들을 지켜줄지도 모른다고, 홀로 상처받는 이들에게 한 줌의 다정함을 전할 수 있을지도 모른다고 생각했기 때문이다. 어쩌면 이것마저 착각일지도 모른다. 글쓰기는 결국 아무것도 바꿀 수 없을지도 모른다.

하지만 내가 느끼는 아픔만은 진실일 것이다. 나만큼이나 당신이 아프다는 것도 진실일 것이다. 그렇다면 나는 당신에게 상냥하고 싶다. 조금 더 친절하고 싶다. 나는 당신이 상처받지 않도록 글을 쓸 것이다. 글은 내가 당신에게 다가갈 수 있도록 도와줄 것이다. 오해가 오해를 만들더라도, 그 속에서 영원히 아파한다고 해도, 우리가 마주 잡은 손은 따뜻하지 않을까. 그렇다면 강해질 필요는 없다. 더 약해져도 괜찮다. 그저 부은 눈을 꼭 감은 채로, 당신이 긴 새벽을 견딜 수 있었으면 좋겠다.

노동 현장의 '알음다움'에서 길어 올린 아름다움

이성철

창원대학교 사회학과 교수
노동사회학, 노동과 문화 전공

이 책은 한 청년 노동자가 '교복 위에 작업복을 입었던' 시간에 대한 기록이다. 현장실습생을 거쳐 산업기능요원으로 복무한 경험 속에는 일상과 사건, 소망과 전망, 사회와 사태를 관통하는 3년 7개월의 역사가 자리 잡고 있다. 저자는 예술고등학교 진학을 목표로 공부와 습작 활동에도 열심이었던 청년이다. 그러나 집안 사정으로 문학의 꿈을 간직한 채 마이스터고등학교로 진학한다. 이러한 결정에 이르기까지에는 무엇보다 경제적 상황이 주요하게 작용했지만, 이는 곧 대학 졸업장에만 경도된 한국사회의 편견들을 극복하는 과정이기도 했다.

독일어 마이스터(meister)는 장인(匠人)으로 번역된다. 이는 사회적-기술적으로 존경 받는 최고 숙련의 노동자를 일컫는 말이다. 우리나라에는 마이스터고등학교만이 아니라, 고숙련의 최고장인 기술자를 육성하려는 목표를 띠고 만들어진 대학도 있다. 고용노동부 산하의 기능대학이 그 이름을 바꾼 한국폴리텍대학이 그것이다. 전국에 대학 캠퍼스를 둔 이 대학은 1대학, 2대학 등의 번호가 붙어있다. 이는 지역·권역별로 붙은 번호에 불과하다. 마치 파리 1대학, 2대학과 비슷하다. 그러므로 전국 어디서나 똑같은 양질의 교육을 받을 수 있는, 순위가 없는 대학이라 할 수 있다. 선취업 후진학을 목표로 세워진 마이스터고등학교나 한국폴리텍대학 모두, 그 설립 취지는 학벌주의보다는 개개인의 능력과 소양을 먼저 귀하게 여기는 풍토를 조성하겠다는 정책 의지로 만들어졌지만, 현실은 여전히 녹록지 않다. 한국 사회에서는 서울이냐 지방이냐, 어느 대학 졸업장이냐가 여전히 현실의 구별 짓기 잣대로 작용하고 있기 때문이다. 이러한 편견에는 노동에 대한 사회적 가치를 제대로 수용하지 않는 풍토도 함께 작용한다. 이 책의 저자도 산업 현장에서 발생하는 산업재해에 대해서 언급하고 있지만, 산재에 대한 우리 사회의 무관심에 가까운 상황을 보면 노동에 대한 사회적 편견이 여전히 깊다는 것을 알 수 있다. 예컨대 연평균 산재 사망자만 예를 들어보자. 2019년의 경우 855명이다. 하루 2.3명 정도가 산업재해로 숨지고 있다. 만약 전국의 학교에서 하루 2명 정도의 사망자가 발생해도 이토록 무관심할까?

저자는 이러한 노동 현장의 문제를 자신만의 독특한 문체와 정서 구조로 풀어나간다. 작가는 노동 현장의 힘든 문제들은 기술적 문제라기보다는 관계의 문제가 더 크다고 말한다. 선배나 동료 노동자들 사이에서 발생한 문제들이 현장에서의 노동에 오히려 더 큰 상처를 준다는 것으로 생각할 수도 있겠다. 현장실습생이나 산업기능요원들은 그동안 지내왔던 집이나 학교생활을 벗어나 최초로 노동 현장과 대면하는 청년 노동자들이다. 이들이 처음 대면하는 노동에 대한 경험이 이후의 삶에 큰 영향을 줄 것임은 명약관화하다. 저자는 3년 7개월 동안 하루 평균 10시간 노동을 했다고 이야기한다. '저녁이 있는 삶'을 통해 자신을 더욱더 옹골차게 가꾸고 싶었지만, 현실은 힘들었다. 저녁은 자연의 이치라서 누구에게나 온다. 저자가 바랐던 것은 '저녁이 있는 삶'보다 '삶이 있는 저녁'이었을 것이다.

나는 이 책의 원고를 사전에 읽었다. 참 좋았다. 좋았던 느낌의 이유를 끝으로 남겨본다. 저자의 글은 일기나 르포가 아니라 시가 담긴 수필이고 산문이다. 이러한 글쓰기 전략은 구체적이고 적나라한 노동 현장에 대한 기록 못지않게 노동 현장의 이야기를 생생하게 들려준다고 생각한다. 나는 저자의 이러한 글쓰기 방식을 '탁

본'이라 말하고 싶다. 오래된 비석이나 현판 등의 글씨나 문양들에 먹을 먹여서 본래의 모양을 완연하고 도드라지고 남기는 방식이다. 즉 비교적 오랜 시간에 걸쳐 톡톡 두드리면서 전체의 모습을 드러내는 미시적인 방법이지만, 결국엔 전체의 모습을 느끼게 만드는 것과 닮아있는 글솜씨이다. 그리고 홍운탁월(烘雲托月)의 글쓰기 방식이라고도 말하고 싶다. 동양화의 수묵은 대개 흑과 백의 두 세계만 존재한다. 그러나 홍운탁월의 그림 그리기는 검은색을 약간 그을리거나(홍, 烘), 검은색을 흰색의 바깥으로 밀어내면서(탁, 托), 한 폭의 작품을 드러낸다. 마치 탁본과도 같다. 저자 스스로가 겪은 노동 현장의 이야기를 우리에게 선보이는 방식도 바로 이러하다. 그래서 우리는 저자의 글을 통해 다음과 같은 것을 느끼게 된다. 첫째, 힘든 노동의 현장이 직접적으로 표현되지 않더라도 역설적으로 구체성을 느낄 수 있다. 이것을 드러내기 위해 저것을 그리고 있는 셈이다. 둘째, 교복을 그을리고 밀어낸 작업복은 교복과 각자 따로 노는 것이 아니라 결단과 나섬, 후회와 다짐, 연대와 전망을 발판 삼은 저자의 현재 모습을 직조하듯이 보여준다. 아름다운 글이다. 추상적이고 형이상학적인 아름다움이 아니고, 노동 현장의 '알음다움'에서 건져 올린 아름다움이다. 이제 첫 책을 내는 청년 노동자의 글 속에는 '모름다움'이란 없다. 그동안 겪으면서 알게 된 것들을 아름다운 문체로 써 내려갔다.

김호철 작사, 작곡의 〈노동은〉의 일부분을 인용하며, 저자의 건필을 진심으로 바란다.

노동은 사랑이야

하나가 되는 아픔이야

(…)

저 어둠 속에

노동이 울면

기나긴 진화의 끝에서

인류도 저물지

(…)

노동은 희망이야

세상을 사는 시작이야

봄날의 새순이야

교복 위에 작업복을 입었다

ⓒ 2020, 허태준

지은이	허태준
초판 1쇄 발행	2020년 11월 22일
4쇄 발행	2024년 7월 4일
편집	박정오, 임명선
디자인	최효선, 전혜정
마케팅	최문섭, 김윤희

펴낸이	장현정
펴낸곳	㈜호밀밭
등록	2008년 11월 12일(제338-2008-6호)
주소	부산광역시 수영구 연수로357번길 17-8
전화, 팩스	051-751-8001, 0505-510-4675
전자우편	homilbooks@naver.com

Published in Korea by Homilbooks Publishing Co, Busan.
Registration No. 338-2008-6.
First press export edition November, 2020.

Author Heo, Tae Jun
ISBN 979-11-90971-10-2   03810

※ 본 도서는 부산광역시, 부산문화재단의 2020 청년문화 육성지원 사업을 통해
　사업비를 지원받았습니다. 부산광역시 BUSAN METROPOLITAN CITY B.C.F.C 부산문화재단

이 도서의 국립중앙도서관 출판예정도서목록(CIP)은 서지정보유통지원시스템
홈페이지(http://seoji.nl.go.kr)와 국가자료종합목록 구축시스템(http://kolis-
net.nl.go.kr)에서 이용하실 수 있습니다. (CIP제어번호 : CIP2020046588)